GOTTFRIED KELLER

FRAU REGEL AMRAIN UND IHR JÜNGSTER

PHILIPP RECLAM JUN. STUTTGART

Der Text folgt der historisch-kritischen Ausgabe: Gottfried Keller: Sämtliche Werke. Herausgegeben von Jonas Fränkel. Siebenter Band: Die Leute von Seldwyla. Erster Band. Erlenbach bei Zürich: Eugen Rentsch, 1927. – Orthographie und Interpunktion wurden behutsam dem heutigen Gebrauch angeglichen.

Universal-Bibliothek Nr. 6174

Erste Auflage dieser Ausgabe 1966
Gesamtherstellung: Reclam, Ditzingen. Printed in Germany 2003
RECLAM und UNIVERSAL-BIBLIOTHEK sind eingetragene Marken
der Philipp Reclam jun. GmbH & Co., Stuttgart
ISBN 3-15-006174-1

www.reclam.de

Regula Amrain war die Frau eines abwesenden Seldwylers; dieser hatte einen großen Steinbruch hinter dem Städtchen besessen und seine Zeitlang ausgebeutet, und zwar auf Seldwyler Art. Das ganze Nest war beinahe aus dem guten Sandstein gebaut, aus welchem der Berg bestand; aber das Schuldenwesen, das auf den Häusern ruhte, hatte von jeher recht eigentlich schon mit den Steinen begonnen, aus denen sie gebaut waren; denn nichts schien den Seldwylern so wohl geeignet als Stoff und Gegenstand eines muntern Verkehrs als ein solcher Steinbruch, und derselbe glich einer in Felsen gehauenen römischen Schaubühne, über welche die Besitzer emsig hinwegliefen, einer den andern jagend.

Herr Amrain, ein ansehnlicher Mann, der eine ansehnliche Menge Fleisch, Fische und Wein verzehren mußte und mächtige Stücke Seidenzeug zu seinen breiten, schönen Westen brauchte, himmelblaue, kirschrote und großartig gewürfelte, war ursprünglich ein Knopfmacher gewesen und hatte auch die eine und andere Stunde des Tages Knöpfe besponnen. Als er aber mit den Jahren gar so fest und breit wurde, sagte ihm die sitzende Lebensart nicht mehr zu, und als er überhaupt den rechten Phäakenaufschwung genommen: die rote Sammetweste, die goldene Uhrkette und den Siegelring, liquidierte er die Knopfmacherei und übernahm in einer wichtigen Hauptsitzung der Seldwyler Spekulanten jenen Steinbruch. Nun hatte er die angemessene bewegliche Lebensweise gefunden, indem er mit einer roten Brieftasche voll Papiere und einem eleganten Spazierstock, auf welchem mit silbernen Stiften ein

Zollmaß angebracht war, etwa in den Steinbruch hinaus lustwandelte, wenn das Wetter lieblich war, und dort mit dem besagten Stocke an den verpfändeten Steinlagern herumstocherte, den Schweiß von der Stirn wischte, in die schöne Gegend hinausschaute und dann schleunigst in die Stadt zurückkehrte, um den eigentlichen Geschäften nachzugehen, dem Umsatz der verschiedenen Papiere in der Brieftasche, was in den kühlen Gaststuben auf das beste vor sich ging. Kurz, er war ein vollkommener Seldwyler bis auf die politische Veränderlichkeit, welche aber die Ursache seines zu frühen Falles wurde. Denn ein konservativer Kapitalist aus einer Finanzstadt, welcher keinen Spaß verstand, hatte auf den Steinbruch einiges Geld hergegeben und damit geglaubt, einem wackern Parteigenossen unter die Arme zu greifen. Als daher Herr Amrain in einem Anfall gänzlicher Gedankenlosigkeit eines Tages höchst verfängliche liberale Redensarten vernehmen ließ, welche ruchbar wurden, erzürnte sich jener Herr mit Recht; denn nirgends ist politische Gesinnungslosigkeit widerwärtiger als an einem großen, dicken Manne, der eine bunte Sammetweste trägt! Der erboste Gönner zog daher jählings sein Geld zurück, als kein Mensch daran dachte, und trieb dadurch vor der Zeit den bestürzten Amrain vom Steinbruch und in die Welt hinaus.

Man wird selten sehen, daß es großen, schweren Männern schlecht ergeht, weil sie eine durchgreifende und überzeugende Gabe besitzen, für ihren anspruchsvollen Körperbau zu sorgen, und die Nahrungsmittel können sich demselben nicht lange entziehen, sondern werden von dem Magnetgebirge des Bauches mächtig angezogen. So fraß sich der landflüchtige Amrain auch glücklich durch die Fernen; und obgleich er nichts Großes mehr wurde, aß und trank er doch irgendwo in der Fremde so weidlich wie zu Hause.

Doch den Seldwylern, welche jetzt ratschlagten, welcher von ihnen nun am tauglichsten wäre, eine Zeitlang die Honneurs am Steinbruch zu machen, wurde abermals ein Strich durch die Rechnung gezogen, als die zurückgebliebene Ehefrau des Herrn Amrain unerwartet ihren Fuß auf den Sandstein setzte und kraft ihres herzugebrachten Weibergutes den Steinbruch an sich zog und erklärte, das Geschäft fortsetzen und möglicherweise die Gläubiger ihres Mannes befriedigen zu wollen. Sie tat dies erst, als derselbe schon jenseits des Atlantischen Weltmeers war und nicht mehr zurückkommen konnte. Man suchte sie auf jede Weise von diesem Vorhaben abzubringen und zu hindern; allein sie zeigte eine solche Entschlossenheit, Rührigkeit und Besonnenheit, daß nichts gegen sie auszurichten war und sie wirklich die Besitzerin des Steinbruches wurde. Sie ließ fleißig und ordentlich darin arbeiten unter der Leitung eines guten fremden Werkführers und gründete zum ersten Mal die Unternehmung, statt auf den Scheinverkehr, auf wirkliche Produktion. Hieran wollte man sie nun erst recht behindern; allein es war nicht gegen sie aufzukommen, da sie als Frau und sparsame Mutter keine Ausgaben hatte, im Vergleich zu den Herren von Seldwyla, und daher auf die einfachste Weise imstande war, alle Stürme abzuschlagen und alle begründeten Forderungen zu bezahlen. Aber dennoch hielt es schwer, und sie mußte Tag und Nacht mit Mut, List und Kraft bei der Hand sein, sinnen und sorgen, um sich zu behaupten.

Frau Regel hatte von auswärts in das Städtchen

geheiratet und war eine sehr frische, große und handfeste Dame mit kräftigen schwarzen Haarflechten und einem festen dunklen Blick. Von ihrem Manne hatte sie drei Buben von ungefähr zehn, acht und fünf Jahren, welche sie oftmals aufmerksam und ernsthaft betrachtete, darüber sinnend, ob dieselben auch wert seien, daß sie das Haus für sie aufrecht halte, da sie ja doch Seldwyler wären und bleiben würden. Doch weil die Bursche einmal ihre Kinder waren, so ließ die Eigenliebe und die Mutterliebe sie immer wieder einen guten Mut fassen, und sie traute sich zu, auch in dieser Sache das Steuer am Ende anders zu lenken, als es zu Seldwyl Mode war.

In solche Gedanken versunken, saß sie einst nach dem Nachtessen am Tische und hatte das Geschäftsbuch und eine Menge Rechnungen vor sich liegen. Die Buben lagen im Bette und schliefen in der Kammer, deren Türe offenstand, und sie hatte eben die drei schlafenden kleinen Gesellen mit der Lampe in der Hand betrachtet und besonders den kleinsten Kerl ins Auge gefaßt, der ihr am wenigsten glich. Er war blond, hatte ein keckes Stumpfnäschen, während sie eine ernsthafte, grade, lange Nase besaß, und statt ihres streng geschnittenen Mundes zeigte der kleine Fritz trotzig aufgeworfene Lippen, selbst wenn er schlief. Dies hatte er alles vom Vater, und es war das gewesen, was ihr eben so wohl gefallen hatte, als sie ihn heiratete, und was ihr jetzt auch an dem kleinen Burschen so wohl gefiel und doch so schwere Sorgen machte. Wenn eine Gesichtsart einem einmal wohlgefällt, so hilft hiegegen kein Kraut; deswegen war Frau Amrain froh, daß der Alte weg war und sie ihn nicht mehr sah; aber er hatte ihr in dem jüngsten Kinde ein treues Abbild seiner äußeren Art hinterlassen, welches sie nie genug ansehen konnte.

Über diesen Sorgen traf sie der Werkführer oder oberste Arbeiter, der jetzt eintrat, um mit ihr die Angelegenheiten und den Bestand der Geschäfte durchzusehen und manche wichtige Dinge zu besprechen. Es war ein hübscher und unternehmender Bursche von schlankem, kräftigem Körperbau, mäßig in seiner Lebensweise, fleißig und ausdauernd und dabei in seinen Gedanken von einer gewissen einfachen Schlauheit, welche zusammen mit den erklecklichen Eigenschaften seiner Meisterin eben das Geschäft in gutem Gange erhielt und die gedankenlosen Spitzfindigkeiten der Seldwyler zuschanden werden ließ. Inzwischen war er aber ein Mensch und dachte daher vor allem an sich selber, und in diesem Denken hatte er es nicht übel gefunden, selber der Herr und Meister hier zu sein und sich eine bleibende Stätte zu gründen, daher auch in aller Ehrerbietung der Frau Regula wiederholt nahegelegt, eine gesetzliche Scheidung von ihrem abwesenden Manne herbeizuführen.

Sie hatte ihn wohl verstanden; doch widerstrebte es ihrem Stolz, sich öffentlich und mit schimpflichen Beweisgründen von einem Manne zu trennen, der ihr einmal wohlgefallen, mit dem sie gelebt und von dem sie drei Kinder hatte; und in der Sorge für diese Kinder wollte sie auch keinen fremden Mann über das Haus setzen und wenigstens die äußere Einheit desselben bewahren, bis die Söhne herangewachsen wären und ein unzersplittertes Erbe aus ihrer Hand empfangen könnten; denn ein solches gedachte sie trotz aller Schwierigkeiten zusammenzubringen und den Hiesigen zu zeigen, was da Brauch sei, wo *sie* hergekommen. Sie hielt daher den

Werkführer knapp im Zügel und brachte sich dadurch nur in größere Verlegenheit; denn als derselbe ihren Widerstand und ihren festen Charakter ersah, verliebte er sich förmlich in sie und gedachte erst recht seine Wünsche zu erreichen. Er änderte sein Benehmen, also daß er, statt wie bisanher ehrbar um ihre Hand als Meisterin sich zu bewerben, nun um ihre Person schmachtete, wo sie ging, und sie stets mit verliebten Augen ansah, wo es immer tunlich war. Dies schien für ihn eine zweckdienliche Veränderung, da die eigentliche Verliebtheit in die Person eines Menschen denselben viel mehr besticht und bezwingt als alle noch so ehrbaren Heiratsabsichten. Wenn nun Frau Regel auch nicht die Haltung verlor und sich in ihn nicht wieder verliebte, so wurde es doch schwerer für sie, ihn abzuwehren, ohne mit ihm zu brechen und ihn zu verlieren, und es ist bekanntlich eine Hauptliebhaberei der Frauen, sich nützliche Freunde und Parteigänger zu erhalten, wenn es immer geschehen kann ohne große Opfer.

Als der Werkführer in die Stube trat, funkelten seine Augen mit ungewöhnlichem Glanze, denn er hatte im Verkehr mit einigen Geschäftsleuten, mit denen er sich zum Vorteil der Frau wacker herumgeschlagen, eine Flasche kräftigen Wein getrunken. Während er ihr Bericht erstattete und dann in den Papieren mit ihr rechnete, blickte er sie oftmals unversehens an und wurde zerstreut und aufgeregt, wie einer, der etwas vorhat. Sie rückte mit ihrem Sessel etwas zur Seite und begann sich in acht zu nehmen, dabei kaum ein feines Lächeln unterdrükkend, wie aus Spott über die plötzliche Unternehmungslust des jungen Mannes. Dieser aber faßte unversehens ihre beiden Hände und suchte die hübsche Frau an sich zu ziehen, indem er zugleich in demselben halblauten Tone, in welchem sie der schlafenden Kinder wegen die ganze Verhandlung geführt hatten, so heftig und feurig anfing zu schmeicheln und zuzureden, ihr Leben doch nicht so öde und unbenutzt entfliehen zu lassen, sondern klug zu sein und sich seiner treuen Ergebenheit zu erfreuen. Sie wagte keine rasche Bewegung und kein lautes Wort, aus Furcht, die Kinder zur Unzeit zu wecken; doch flüsterte sie voll Zorn, er solle ihre Hände freilassen und augenblicklich hinausgehen. Er ließ sie aber nicht frei, sondern faßte sie nur um so fester und hielt ihr mit eindringlichen Worten ihre Jugend und schöne Gestalt vor und ihre Torheit, so gute Dinge ungenossen vergehen zu lassen. Sie durchschaute ihren Feind wohl, dessen Augen ebenso stark von Schlauheit als von Lebenslust glänzten, und merkte, daß er auf diesem leidenschaftlich-sinnlichen Wege nur beabsichtigte, sie sich zu unterwerfen und dienstbar zu machen, also daß ihre Selbständigkeit ein schlimmes Ende nähme. Sie gab ihm dies auch mit höhnischen Blicken zu verstehen, während sie fortfuhr, so still als möglich sich von ihm loszumachen, was er nur mit vermehrter Kraft und Eindringlichkeit erwiderte. Auf diese Weise rang sie mit dem starken Gesellen eine gute Weile hin und her, ohne daß es dem einen oder andern Teile gelang weiterzukommen, während nur zuweilen der erschütterte Tisch oder ein unterdrückter zorniger Ausruf oder ein Seufzer ein Geräusch verursachte, und so schwebte die brave Frau peinvoll zwischen ihrer in der Kammer dreifach schlafenden Sorge und zwischen dem heißen Anstürmen des wachen Lebens. Sie war kaum dreißig Jahre alt und schon seit einigen Jahren von ihrem Manne verlassen, und ihr Blut floß so rasch und warm wie eines; was Wunder, daß sie daher endlich einen Augenblick innehielt und tief aufseufzte und daß ihr in diesem Augenblick der Zweifel durch den Kopf ging, ob es sich auch der Mühe lohne, so treu und ausdauernd in Entbehrung und Arbeit zu sein, und ob nicht das eigene Leben am Ende die Hauptsache und es klüger sei zu tun wie die andern und nicht dem verwegenen und frechen Andringling, sondern sich selbst zu gewähren, was ihr Lust und Erfrischung bieten könne; die Dinge gingen zu Seldwyla vielleicht so oder so ihren Weg! Indem sie einen Augenblick dies bedachte, zitterten ihre Hände in denjenigen des Werkführers, und nicht so bald fühlte dieser solche liebliche Änderung des Wetters, als er seine Anstrengungen erneuerte und vielleicht trotz der abermaligen Gegenwehr der tapferen Frau gesiegt haben würde, wenn nicht jetzt eine unerwartete Hilfe erschienen wäre.

Denn mit dem bangen, zornigen Ausruf: „Mutter! es ist ein Dieb da!“ sprang der jüngste Knabe, der kleine Fritzchen, in die Stube und glich vollständig einem kleinen Sankt Georg. Seine goldenen Ringellocken flogen um das vom Schlafe gerötete Gesicht; feurig blickten aber die blauen Augen in lieblichem Zorn, und mutig warf sich der trotzige Mund auf. Das kurze schneeige Hemdchen flatterte wie die Tunika eines Kreuzfahrers, und in den nackten Ärmchen schwang der kleine Rittersmann eine lange Gardinenstange mit dickem vergoldetem Knopf, den er auch mit aller erdenklichen Kraft dem aufspringenden Werkmeister auf den Kopf schlug, daß sich dieser die entstehende Beule verlegen rieb und ihm ordentlich die Augen übergingen. Frau Amrain aber hielt den Knaben auf, tief errötend, und rief: „Was ist dir denn, Fritzchen? Es ist ja nur der Florian und tut uns nichts!" Der Knabe fing bitterlich an zu weinen, sich voll Verlegenheit an die Knie der Mutter klammernd; diese hob ihn auf den Arm, und das Kind an sich drückend, entließ sie mit einem kaum verhaltenen Lachen den verblüfften Florian, der, obgleich er den Kleinen gern geohrfeigt hätte, gute Miene zum bösen Spiel machte und sich verlegen zurückzog. Sie riegelte die Türe rasch hinter ihm zu; dann stand sie tief aufatmend und nachdenklich mitten in der Stube, das tapfere Kind auf dem Arm, welches das linke Ärmchen um ihren Hals schlang und mit dem rechten Händchen die lange Stange mit dem glänzenden Knopf, die es noch immer umfaßt hielt, gegen den Boden stemmte. Dann sah sie aufmerksam in das nahe Gesicht des Kindes und bedeckte es mit Küssen, und endlich ergriff sie abermals die Lampe und ging in die Kammer, um nach den beiden ältesten Knaben zu sehen. Dieselben schliefen wie Murmeltiere und hatten von allem nichts gehört. Also schienen sie Nachtmützen zu sein, obschon sie ihr selbst glichen; der Jüngste aber, der dem Vater glich, hatte sich als wachsam, feinfühlend und mutvoll erwiesen und schien das werden zu wollen, was der Alte eigentlich sein sollte und was sie einst auch hinter ihm gesucht. Indem sie über dieses geheimnisvolle Spiel der Natur nachdachte und nicht wußte, ob sie froh sein sollte, daß das Abbild des einst geliebten Mannes besser schien als ihre eigenen, so träge daliegenden Bilder, legte sie das Kind in sein Bettchen zurück, deckte es zu und beschloß, von Stund an alle ihre Treue und Hoffnung auf den kleinen Sankt Georg zu setzen und ihm seine junge Ritterlichkeit zu vergelten. „Wenn die zwei Schlafkappen", dachte sie, „welche nichtsdestominder meine Kinder sind, dann auch mitgehen wollen auf einem guten Wege, so mögen sie es tun."

Am nächsten Morgen schien Fritzchen den Vorfall schon vergessen zu haben, und so alt auch die Mutter und der Sohn wurden, so ward doch nie mehr mit einer Silbe desselben erwähnt zwischen ihnen. Der Sohn behielt ihn nichtsdestoweniger in deutlicher Erinnerung, obgleich er viel spätere Erlebnisse mit der Zeit gänzlich vergaß. Er erinnerte sich genau, schon bei dem Eintritte des Werkführers erwacht zu sein, da er trotz eines gesunden Schlafes alles hörte und ein wachsames Bürschchen war. Er hatte sodann jedes Wort der Unterredung, bis sie bedenklich wurde, gehört und, ohne etwas davon zu verstehen, doch etwas Gefährliches und Ungehöriges geahnt und war in eine heftige Angst um seine Mutter verfallen, so daß er, als er das leise Ringen mehr fühlte als hörte, aufsprang, um ihr zu helfen. Und dann, wer verfolgt die geheimen Wege der Fähigkeiten, wie sie im Menschenkind sich verlieren? Als er den Werkführer recht wohl erkannt: wer lehrte den kleinen Bold die unbewußte blitzschnelle Heuchelei des Zartgefühles, mit der er sich stellte, als ob er einen Dieb sähe, und die ihn so unbefangen den Widersacher vor den Kopf schlagen ließ?

Seine Mutter aber hielt ihr Wort und erzog ihn so, daß er ein braver Mann wurde in Seldwyl und zu den wenigen gehörte, die aufrecht blieben, solange sie lebten. Wie sie dies eigentlich anfing und bewirkte, wäre schwer zu sagen; denn sie erzog eigentlich sowenig als möglich, und das Werk bestand fast lediglich darin, daß das junge Bäumchen, so vom gleichen Holze mit ihr war, eben in ihrer Nähe wuchs und sich nach ihr richtete. Tüchtige und wohlgeartete Leute haben immer weit weniger Mühe, ihre Kinder ordentlich zu ziehen, wie es hinwieder einem Tölpel, der selbst nicht lesen kann, schwerfällt, ein Kind lesen zu lehren. Im ganzen lief ihre Erziehungskunst darauf hinaus, daß sie das Söhnchen ohne Empfindsamkeit merken ließ, wie sehr sie es liebte, und dadurch dessen Bedürfnis, ihr immer zu gefallen, erweckte und so erreichte, daß es bei jeder Gelegenheit an sie dachte. Ohne dessen freie Bewegungen einzeln zu hindern, hatte sie den Kleinen viel um sich, so daß er ihre Manieren und ihre Denkungsart annahm und bald von selbst nichts tat, was nicht im Geschmacke der Mutter lag. Sie hielt ihn stets einfach, aber gut und mit einem gewissen gewählten Geschmack in der Kleidung; dadurch fühlte er sich sicher, bequem und zufrieden in seinem Anzuge und wurde nie veranlaßt, an denselben zu denken, wurde mithin nicht eitel und lernte gar nie die Sucht kennen, sich besser oder anders zu kleiden, als er eben war. Ähnlich hielt sie es mit dem Essen; sie erfüllte alle billigen und unschädlichen Wünsche aller drei Kinder, und niemand bekam in ihrem Hause etwas zu essen, wovon diese nicht auch ihren Teil erhielten; aber trotz aller Regelmäßigkeit und Ausgiebigkeit behandelte sie die Nahrungsmittel mit solcher Leichtigkeit und Geringschätzung, daß Fritzchen abermals von selbst lernte, kein besonderes Gewicht auf dieselben zu legen und, wenn er satt war, nicht von neuem an etwas unerhört Gutes zu denken. Nur die entsetzliche Wichtigtuerei und Breitspurigkeit, mit welcher die meisten guten Frauen die Lebensmittel und deren Bereitung behandeln, erweckt gewöhnlich in den Kindern jene Gelüstigkeit und Tellerleckerei, die, wenn sie groß werden, zum Hang nach Wohlleben und zur Verschwendung wird. Sonderbarerweise gilt durch den ganzen germanischen Völkerstrich diejenige für die beste und tugendhafteste Hausfrau, welche am meisten Geräusch macht mit ihren Schüsseln und Pfannen und nie zu sehen ist, ohne daß sie etwas Eßbares zwischen den Fingern herumzerrt; was Wunder, daß die Herren Germanen dabei die größten Esser werden, das ganze Lebensglück auf eine wohlbestellte Küche gegründet wird und man ganz vergißt, welche Nebensache eigentlich das Essen auf dieser schnellen Lebensfahrt sei. Ebenso verfuhr sie mit dem, was sonst von den Eltern mit einer schrecklich ungeschickten Heiligkeit behandelt wird, mit dem Gelde. Sobald als tunlich ließ sie ihren Sohn ihren Vermögensstand mitwissen, für sie Geldsummen zählen und in das Behältnis legen, und sobald er nur imstande war, die Münzen zu unterscheiden, ließ sie ihm eine kleine Sparbüchse zu gänzlich freier Verfügung. Wenn er nun eine Dummheit machte oder eine arge Nascherei beging, so behandelte sie das nicht wie ein Kriminalverbrechen, sondern wies ihm mit wenig Worten die Lächerlichkeit und Unzweckmäßigkeit nach. Wenn er etwas entwendete oder sich aneignete, was ihm nicht zukam, oder einen jener heimlichen Ankäufe machte, welche die Eltern so sehr erschrecken, machte sie keine Katastrophe daraus, sondern beschämte ihn einfach und offen als einen törichten und gedankenlosen Burschen. Desto strenger war sie gegen ihn, wenn er in Worten oder Gebärden sich unedel und kleinlich betrug, was zwar nur selten vorkam; aber dann las sie ihm hart und schonungslos den Text und gab ihm so derbe Ohrfeigen, daß er die leidige Begebenheit nie vergaß. Dies alles pflegt sonst entgegengesetzt behandelt zu werden. Wenn ein Kind mit Geld sich vergeht oder gar etwas irgendwo wegnimmt, so befällt die Eltern und Lehrer eine ganz sonderbare Furcht vor einer verbrecherischen Zukunft, als ob sie selbst wüßten, wie schwierig es sei, kein Dieb oder Betrüger zu werden! Was unter hundert Fällen in neunundneunzig nur die momentan unerklärlichen Einfälle und Gelüste des träumerisch wachsenden Kindes sind, das wird zum Gegenstande eines furchtbaren Strafgerichtes gemacht und von nichts als Galgen und Zuchthaus gesprochen. Als ob alle diese lieben Pflänzchen bei erwachender Vernunft nicht von selbst durch die menschliche Selbstliebe, sogar bloß durch die Eitelkeit, davor gesichert würden, Diebe und Schelme sein zu wollen. Dagegen wie milde und freundschaftlich werden da tausend kleinere Züge und Zeichen des Neides, der Mißgunst, der Eitelkeit, der Anmaßung, der moralischen Selbstsucht und Selbstgefälligkeit behandelt und gehätschelt! Wie schwer merken die wackern Erziehungsleute ein früh verlogenes und verblümtes inneres Wesen an einem Kinde, während sie mit höllischem Zeter über ein anderes herfahren, das aus Übermut oder Verlegenheit ganz naiv eine vereinzelte derbe Lüge gesagt hat. Denn hier haben sie eine greifliche bequeme Handhabe, um ihr donnerndes: Du sollst nicht lügen! dem kleinen erstaunten Erfindungsgenie in die Ohren zu schreien. Wenn Fritzchen eine solche derbe Lüge vorbrachte, so sagte Frau Regel einfach, indem sie ihn groß ansah: „Was soll denn das heißen, du Affe? Warum lügst du solche Dummheiten? Glaubst du die großen Leute zum Narren halten zu können? Sei du froh, wenn dich niemand anlügt, und laß dergleichen Späße!“ Wenn er eine Notlüge vorbrachte, um eine begangene Sünde zu vertuschen, zeigte sie ihm mit ernsten, aber liebevollen Worten, daß die

Sache deswegen nicht ungeschehen sei, und wußte ihm klarzumachen, daß er sich besser befinde, wenn er offen und ehrlich einen begangenen Fehler eingestehe; aber sie bauete keinen neuen Strafprozeß auf die Lüge, sondern behandelte die Sache ganz abgesehen davon, ob er gelogen oder nicht gelogen habe, so daß er das Zwecklose und Kleinliche des Herauslügens bald fühlte und hiefür zu stolz wurde. Wenn er dagegen nur die leiseste Neigung verriet, sich irgend Eigenschaften beizulegen, die er nicht besaß, oder etwas zu übertreiben, was ihm gut zu stehen schien, oder sich mit etwas zu zieren, wozu er das Zeug nicht hatte, so tadelte sie ihn mit schneidenden, harten Worten und versetzte ihm selbst einige Knüffe, wenn ihr die Sache zu arg und widerlich war. Ebenso, wenn sie bemerkte, daß er andere Kinder beim Spielen belog, um sich kleine Vorteile zu erwerben, strafte sie ihn härter, als wenn er ein erkleckliches Vergehen abgeleugnet hätte.

Diese ganze Erzieherei kostete indessen kaum so viel Worte, als hier gebraucht wurden, um sie zu schildern, und sie beruhte allerdings mehr im Charakter der Frau Amrain als in einem vorbedachten oder gar angelesenen System. Daher wird ein Teil ihres Verfahrens von Leuten, die nicht ihren Charakter besitzen, nicht befolgt werden können, während ein anderer Teil, wie z. B. ihr Verhalten mit den Kleidern, mit der Nahrung und mit dem Gelde, von ganz armen Leuten nicht kann angewendet werden. Denn wo z. B. gar nichts zu essen ist, da wird dieses natürlich jeden Augenblick zur nächsten Hauptsache, und Kindern, unter solchen Umständen erzogen, wird man schwer die Gelüstigkeit abgewöhnen können, da alles Sinnen und Trachten des Hauses nach dem Essen gerichtet ist.

Besonders während der kleineren Jugend des Knaben war die Erziehungsmühe seiner Mutter sehr gering, da sie, wie gesagt, weniger mit der Zunge als mit ihrer ganzen Person erzog, wie sie leibte und lebte, und es also in einem zuging mit ihrem sonstigen Dasein. Sollte man fragen, worin denn bei dieser leichten Art und Mühelosigkeit ihre besondere Treue und ihr Vorsatz bestand, so wäre zu antworten: lediglich in der zugewandten Liebe, mit welcher sich das Wesen ihrer Person dem seinigen einprägte und sie ihre Instinkte die seinigen werden ließ.

Doch blieb die Zeit nicht aus, wo sie allerdings einige vorsätzliche und kräftige Erziehungsmaßregeln anwenden mußte, als nämlich der gute Fritz herangewachsen war und sich für allbereits erzogen hielt, die Mutter aber erst recht auf der Wacht stand, da es sich nun entscheiden sollte, ob er in das gute oder schlechte Fahrwasser einlaufen würde. Es waren nur wenige Momente, wo sie etwas Entscheidendes und Energisches gegen seine junge Selbständigkeit unternahm, aber jedesmal zur rechten Zeit und so plötzlich, einleuchtend und bedeutsam, daß es nie seiner bleibenden Wirkung ermangelte.

Als Fritz bald achtzehn Jahre zählte, war er ein schönes junges Bürschchen, fein anzusehen mit seinem blonden Haare und seinen blauen Augen und von einer großen Selbständigkeit und Sicherheit in allem, was er tat. Er hatte bereits die Leitung des Geschäftes übernommen, was die Arbeit im Freien betraf, nachdem er schon vom vierzehnten Jahre an im Steinbruch tüchtig gearbeitet. Er machte ein ernsthaftes und kluges Gesicht und war dennoch aufgeräumt und guter Dinge, und was seiner Mutter am besten gefiel, war seine Fähigkeit, mit allen Leuten umzugehen, ohne ihre Art anzunehmen. Sie hielt ihn nicht ab auszugehen, wenn es ihm langweilig war zu Hause, und mit anderen jungen Burschen zu verkehren; aber die scharf Aufmerkende sah mit Vergnügen, daß er an der Weise der jungen Seldwyler, mit denen er abwechselnd verkehrte, bald mit diesem, bald mit jenem, keinen sonderlichen Geschmack gewann, sie überschaute und nur sich etwas mit ihnen die Zeit vertrieb, wie und solange er es für gut fand. Mit Vergnügen sah sie auch, daß er sich nicht lumpen ließ und bei Gelagen manche Flasche zum besten gab, ohne je für sich selbst schlimme Folgen davonzutragen, und daß er nicht in *einen* schlimmen oder schimpflichen Handel verwickelt wurde, obgleich er überall sich zu schaffen machte und wußte, wie es zugegangen, ohne daß er übrigens ein Duckmäuser und Aufpasser war. Auch hielt er was auf sich, ohne hochmütig zu sein, und wußte sich zu wehren, wenn es galt. Frau Regula war daher guten Mutes und dachte, das wäre gerade die rechte Weise und ihr Söhnchen sei nicht auf den Kopf gefallen.

Da bemerkte sie, daß er anfing zu erröten, wenn schöne Mädchen ihm in den Weg kamen, daß er selbst häßliche Mädchen aufmerksam und kritisch betrachtete und daß er verlegen wurde, wenn eine hübsche, runde und muntere Frau in der Stube war, während er dieselbe doch heimlicherweise mit den Augen verschlang. Aus diesen drei Zeichen entnahm sie zwei Dinge: erstens, daß noch nichts an ihm verdorben sei, zweitens aber, daß, wenn eine Gefahr für ihn vorhanden wäre, auf den breiten Weg der Stadt zu tölpeln, diese Gefahr nur von seiten der Damen von Seldwyla herkommen könne, und sie sagte sogleich in ihrem Herzen: Also da willst du hinaus, du Schuft?

Die Schönen dieser Stadt waren nicht schlimmer gesinnt als ihre Männer, und sie hielten, wenn sie erst zu Jahren kamen, noch manches zusammen, was diese lieber auch noch zerstreut hätten. Allein da die Männer sich gern lustig machten, so wollten sie, solange es ihnen gut erging, auch nicht zurückbleiben, und bei dem schönen Geschlechte laufen bekanntlich alle Abirrungen und Unzukömmlichkeiten zuletzt nur auf ein und dasselbe Ende hinaus, jene alte Geschichte, welche vielfältige Rückwirkungen auf das Wohl oder Weh der Herren Mitschuldigen mit sich führt. Sonach ging es auch in dieser Hinsicht zu Seldwyla etwas lustiger zu als an anderen Orten.

Wie nun Frau Amrain ihre schwarzen Augen offenhielt und mit zorniger Bangigkeit aufmerkte, wann und wie man etwa ihr Kind verderben wolle, ergab sich bald eine Gelegenheit für ihr mütterliches Einschreiten. Es wurde eine große Hochzeit gefeiert auf dem Rathause, und das neu vermählte Paar gehörte den geräuschvollsten und lustigsten Kreisen an, die gerade im Flor waren. Wie an anderen Orten der Schweiz gibt es an den Hochzeiten zu Seldwyl, wenn Bankett und Ball am Abend stattfinden, zweierlei Gäste: die eigentlichen geladenen Hochzeitgäste und dann die Freunde oder Verwandten dieser, welche ihnen scherzhafte Hochzeit- oder Tafelgeschenke überbringen mit allerlei Witzen, Gedichten und Anspielungen. Sie verkleiden sich zu diesem Ende hin in allerhand lustige Trachten, welche dem zu überbringenden Geschenke entsprechen, und sind maskiert, indem jeder seinen Freund oder seine Verwandte aufsucht, sich hinter deren Stuhl begibt, seine Gabe überreicht und seine Rede hält. Fritz Amrain hatte sich schon vorgenommen, einem kleinen Bäschen einige Geschenke zu bringen, und die Mutter nichts dagegen gehabt, da das Mädchen noch sehr jung und sonst wohlgeartet war. Allein weniger das Bäschen lockte ihn als ein dunkles Verlangen, sich unter den lustigen Damen von Seldwyl einmal recht herumzutummeln, deren Fröhlichkeit, wenn viele beisammen waren, ihm schon oft sehr anmutig geschildert worden. Er war nur noch unschlüssig, welche Verkleidung er wählen sollte, um auf der Hochzeit zu erscheinen, und erst am Abend entschloß er sich auf den Rat einiger Bekannten, sich als Frauenzimmer zu kleiden. Seine Mutter war eben ausgegangen, als er mit diesem lustigen Vorsatz nach Hause gelaufen kam und denselben sogleich ins Werk setzte. Ohne Schlimmes zu ahnen, geriet er über den Kleiderschrank seiner Mutter und warf da so lange alles durcheinander, von einem lachenden Dienstmädchen unterstützt, bis er die besten und buntesten Toilettenstücke zusammengesucht und sich angeeignet hatte. Er zog das schönste und beste Kleid der Mutter an, das sie selbst nur bei feierlichen Gelegenheiten trug, und wühlte dazu aus den reichlichen Schachteln Krausen, Bänder und sonstigen Putz hervor. Zum Überfluß hing er sich noch die Halskette der Mutter um und zog so, aus dem Gröbsten geputzt, zu seinen Genossen, die sich inzwischen ebenfalls angekleidet. Dort vollendeten zwei muntere Schwestern seinen Anzug, indem sie vornehmlich seinen blonden Kopf auf das zierlichste frisierten und seine Brust mit einem sachgemäßen Frauenbusen ausschmückten. Indem er so auf seinem Stuhle saß und diese Bemühungen der wenig schüchternen Mädchen um sich geschehen ließ, errötete er einmal um das andere, und das Herz klopfte ihm vor erwartungsvollem Vergnügen, während zugleich das böse Gewissen sich regte und ihm anfing zuzuflüstern, die Sache möchte doch nicht so recht in der Ordnung sein. Als er daher mit seiner Gesellschaft dem Rathause zuzog, ein Körbchen mit den Geschenken tragend, sah er so verschämt und verwirrt aus wie ein wirkliches Mädchen und schlug die Augen nieder, und als er so auf der Hochzeit erschien, erregte er den allgemeinen Beifall, besonders der versammelten Frauen.

Während der Zeit war aber seine Mutter nach Hause zurückgekehrt und sah ihren offenstehenden Kleiderschrank sowie die Verwüstung, die er in Schachteln und Kästchen angerichtet. Als sie vollends vernahm, zu welchem Ende hin dies geschehen und daß ihre Hoffnung in Weiberkleidern, und dazu noch in ihren besten, ausgezogen sei, überfiel sie erst ein großer Zorn, dann aber eine noch größere Unruhe; denn nichts schien ihr geeigneter, einen jungen Menschen in das Lotterleben zu bringen, als wenn er in Weiberkleidern auf eine Seldwyler Hochzeit ging. Sie ließ daher ihr Abendessen ungenossen stehen und ging eine Stunde lang in der größten Unruhe umher, nicht wissend, wie sie ihren Sohn den drohenden Gefahren entreißen solle. Es widerstrebte ihr, ihn kurzweg abrufen zu lassen und dadurch zu beschämen; auch fürchtete sie nicht mit Unrecht, daß er würde zurückgehalten werden oder aus eigenem Willen nicht kommen dürfte. Und dennoch fühlte sie wohl, wie er durch diese einzige Nacht auf eine entscheidende Weise auf die schlechte Seite verschlagen werden könne. Sie entschloß sich endlich kurz, da es ihr nicht Ruhe ließ, ihren Sohn selbst wegzuholen, und da sie mannigfacher Beziehungen wegen einen halben Vorwand hatte, selbst etwa ein Stündchen auf der Hochzeit zu erscheinen, kleidete sie sich rasch um und wählte einen Anzug, ein wenig besser als der alltägliche und doch nicht festlich genug, um etwa zu hohe Achtung vor der lustigen Versammlung zu verraten. So begab sie sich also nach dem Rathaus, nur von dem Dienstmädchen begleitet, welches ihr eine Laterne vorantrug. Sie betrat zuerst den Speisesaal; allein die erste Tafel und die Lustbarkeit mit den Geschenken war schon vorüber und die Überbringer derselben hatten ihre Masken abgenommen und sich unter die übrigen Gäste gemischt. In dem Saale war nichts zu sehen als einige Herrengesellschaften, die teils Karten spielten, teils zechten, und so stieg sie die Treppe nach einer altertümlichen Galerie hinauf, von wo man den Saal übersehen konnte, in welchem getanzt wurde. Diese Galerie war mit allerlei Volk angefüllt, das nicht im Flor war und hier dem Tanze zusehen durfte wie etwa die Einwohner einer Residenz einer Fürstenhochzeit. Frau Regula konnte daher unbemerkt den Ball übersehen, der so ziemlich feierlich vor sich ging und die allgemeine Lüsternheit und Begehrlichkeit mit seinem steifen und lächerlichen Zeremoniell zur Not verdeckte. Denn dies hätten die Seldwyler nicht anders getan; sie huldigten vielmehr dem Spruch: Alles zu seiner Zeit!, und wenn sie mit wenig Mühe das Schauspiel eines nach ihren Begriffen noblen Balles geben und genießen konnten, warum sollten sie es unterlassen?

Fritzchen Amrain war aber unter den Tanzenden nicht zu erblicken, und je länger ihn seine Mutter mit den Augen suchte, desto weniger fand sie ihn. Je länger sie ihn aber nicht fand, desto mehr wünschte sie ihn zu sehen, nicht allein mehr aus Besorgnis, sondern auch um wirklich zu schauen, wie er sich eigentlich ausnähme und ob er in seiner Dummheit nicht noch die Lächerlichkeit zum Leichtsinn hinzugefügt habe, indem er als eine ungeschickt angezogene schlottrige Weibsperson sich weiß Gott wo herumtreibe. In diesen Untersuchungen geriet sie auf einen Seitengang der hohen Galerie, welcher mit einem Fenster endigte, das mit einem Vorhang versehen und bestimmt war, Licht in eben diesen Gang einzulassen. Das Fenster aber ging in das kleinere Ratszimmer, ein altes gotisches Gemach, und war hoch an dessen Wand zu sehen. Wie sie nun jenen Vorhang ein wenig lüftete und in das tiefe Gemach hinunterschaute, welches durch einen seltsamen Firlefanz von Kronleuchtern ziemlich schwach erleuchtet war, erblickte sie eine kleinere Gesellschaft, die da in aller Stille und Fröhlichkeit sich zu unterhalten schien. Als Frau Regel genauer hinsah, erkannte sie sieben bis acht verheiratete Frauen, deren Männer sie schon in dem Speisesaal hatte spielen sehen zu einem hohen und prahlerischen Satze. Diese Frauen saßen in einem engen Halbkreise und vor ihnen ebensoviel junge Männer, die ihnen den Hof machten. Unter letzteren war Fritz abermals nicht zu finden und seine Mutter hierüber sehr froh, da der Kreis dieser Damen nichts weniger als beruhigend anzusehen war. Denn als sie dieselben einzeln musterte, waren es lauter jüngere Frauen, welche jede auf ihre Weise für gefährlich galt und in der Stadt, wenn auch nicht eines schlimmen, doch eines geheimnisvollen Rufes genoß, was bei der herrschenden Duldsamkeit immer noch genug war. Da saß erstens die nicht häßliche Adele Anderau, welche üppig und verlockend anzusehen war, ohne daß man recht wußte, woran es lag, und welche alle jungen Leute jezuweilen mit halbgeschlossenen Augen so anzublicken wußte in einem windstillen Augenblicke, daß sie einen seltsamen Funken von hoffnungsreichem Verlangen in ihr Herz schleuderte. Aber zehn derselben ließ sie schonungslos und mit Aufsehen abziehen, um desto regelmäßiger den elften in einer sicheren Stunde zu beglücken. Da war ferner die leidenschaftliche Julie Haider, welche ihren Mann öffentlich und vor so vielen Zeugen als möglich stürmisch liebkoste, die glühendste Eifersucht auf ihn an den Tag legte und fortwährend der Untreue anklagte, dies alles so lange, bis irgendein dritter den fühllosen Gatten beneidete und solcher Leidenschaftlichkeit teilhaftig zu werden trachtete. Da trauerte auch die sanfte Emmeline Ackerstein, welche eine Dulderin war und von ihrem Manne mißhandelt wurde, weil sie gar nichts gelernt hatte und das Hauswesen vernachlässigte; diese sah bleich und schmachtend aus und sank mit Tränen dem in die Arme, der sie trösten mochte. Auch die schlimme Lieschen Aufdermauer war da, welche so lange Klatschereien und Zänkereien anrichtete, bis irgendein Aufgebrachter, den sie verleumdet, sie unter vier Augen in die Klemme brachte und sich an ihr rächte. Dann folgte, außer zwei oder drei aufgeweckten Wesen, welche ohne weitere Begründungen schlechtweg taten, was sie mochten, die stille Theresa Gut, welche äußerst teilnahmlos weder rechts noch links sah, niemandem entgegenkam und kaum antwortete, wenn man sie anredete, welche aber, zufällig in ein Abenteuer verwickelt und angegriffen, unerwarteterweise lachte wie eine Närrin und alles geschehen ließ. Endlich saß auch dort das leichtsinnige Käthchen Amhag, welches immer eine Menge heimlicher Schulden zu tragen hatte.

Nachdem Frau Amrain die Beschaffenheit dieses weiblichen Kreises erkannt, wollte sie eben Gott danken, daß ihr Sohn wenigstens auch da nicht zu erblicken sei, als sie noch eine weibliche Gestalt zwischen ihnen entdeckte, die sie im ersten Augenblicke nicht kannte, obgleich sie dieselbe schon gesehen zu haben glaubte. Es war ein großes, prächtig gewachsenes Wesen von amazonenhafter Haltung und mit einem kecken, blonden Lockenkopfe, das aber hold verschämt und verliebt unter den lustigen Frauen saß und von ihnen sehr aufmerksam behandelt wurde. Beim zweiten Blick erkannte sie jedoch ihren Sohn und ihr violettes Seidenkleid zugleich und sah, wie trefflich ihm dasselbe saß, und mußte sich auch gestehen, daß er ganz geschickt und reizend ausgeputzt sei. Aber im gleichen Augenblicke sah sie auch, wie ihn seine eine Nachbarin küßte, infolge irgendeines Unterhaltungsspieles, das die fröhliche Gesellschaft eben beschäftigte, und wie er gleicherzeit die andere Nachbarin küßte, und nun hielt sie den Zeitpunkt für gekommen, wo sie ihrem Sohne den Dienst, welchen er ihr als fünfjähriges Knäblein geleistet, erwidern konnte.

Sie stieg ungesäumt die Treppe hinunter und trat in das Zimmer, die überraschte Gesellschaft bescheiden und höflich begrüßend. Alles erhob sich verlegen; denn obgleich sie sattsam durchgehechelt wurde in der Stadt, so flößte sie doch Achtung ein, wo sie erschien. Die jungen Männer grüßten sie mit aufrichtig verlegener Ehrerbietung, und um so aufrichtiger, je wilder sie sonst waren; von den Frauen aber wollte keine scheinen, als ob sie mit der achtbarsten Frau der Stadt etwa schlecht stände und nicht mit ihr umzugehen wüßte, weshalb sie sich mit großem Geräusch um sie drängten, als sie sich von ihrer Überraschung etwas erholt. Am verblüfftesten war jedoch Fritz, welcher nicht mehr wußte, wie er sich in dem Kleide seiner Mutter zu gebärden habe; denn dies war jetzt plötzlich sein erster Schrekken, und er bezog den ernsten Blick, den sie einstweilen auf ihn geworfen, nur auf die gute Seide dieses Kleides. Andere Bedenken waren noch nicht ernstlich in ihm aufgestiegen, da in der allgemeinen Lust der Scherz zu gewöhnlich und erlaubt schien. Als alle sich wieder gesetzt hatten und nachdem sich Frau Amrain ein Viertelstündchen freundlich mit den jungen Leuten unterhalten, winkte sie ihren Sohn zu sich und sagte ihm, er möchte sie nach Hause begleiten, da sie gehen wolle. Als er sich dazu ganz bereit erklärte, flüsterte sie ihm aber mit strengem Tone zu: „Wenn ich von einem Weibe will begleitet sein, so konnte ich die Grete hierbehalten, die mir hergeleuchtet hat! Du wirst so gut sein und erst heimlaufen, um Kleider anzuziehen, die dir besser stehen als diese hier!"

Erst jetzt merkte er, daß die Sache nicht richtig sei; tief errötend machte er sich fort, und als er über die Straße eilte und das rauschende Kleid ihm so ungewohnt gegen die Füße schlug, während der Nachtwächter ihm verdächtig nachsah, merkte er erst recht, daß das eine ungeeignete Tracht wäre für einen jungen Republikaner, in der man niemandem ins Gesicht sehen dürfe. Als er aber, zu Hause angekommen, sich hastig umkleidete, fiel es ihm ein, daß nun die Mutter allein unter dem Volke auf dem Rathause sitze, und dieser Gedanke machte ihn plötzlich und sonderbarerweise so zornig und besorgt um ihre Ehre, daß er sich beeilte, nur wieder hinzukommen und sie abzuholen. Auch glaubte er ihr einen rechten Ritterdienst damit zu erweisen, daß er so pünktlich wieder erschien, und alle etwaigen Unebenheiten dadurch aufs schönste ausgeglichen.

Frau Amrain aber empfahl sich der Gesellschaft und ging ernst und schweigsam neben ihrem Sohne nach Hause. Dort setzte sie sich seufzend auf ihren gewohnten Sessel und schwieg eine Weile; dann aber stand sie auf, ergriff das daliegende Staatskleid und zerriß es in Stücken, indem sie sagte: „Das kann ich nun wegwerfen, denn tragen werde ich es nie mehr!"

„Warum denn?" sagte Fritz erstaunt und wieder kleinlaut. „Wie werde ich", erwiderte sie, „ein Kleid ferner tragen, in welchem mein Sohn unter liederlichen Weibern gesessen hat, selber einem gleichsehend?" Und sie brach in Tränen aus und hieß ihn zu Bette gehen. „Hoho", sagte er, als er ging, „das wird denn doch nicht so gefährlich sein." Er konnte aber nicht einschlafen, da sein Kopf sowohl von der unterbrochenen Lustbarkeit als von den Worten der Mutter aufgeregt war; es gab also Muße, über die Sache nachzudenken, und er fand, daß die Mutter einigermaßen recht habe; aber er fand dies nur insofern, als er selbst die Leute verachtete, mit denen er sich eben vergnügt hatte. Auch fühlte er sich durch diese Auslegung eher geschmeichelt in seinem Stolze, und erst, als die Mutter am Morgen und die folgenden Tage ernst und traurig blieb, kam er dem Grunde der Sache näher. Es wurde kein Wort mehr darüber gesprochen; aber Fritz war für einmal gerettet, denn er schämte sich vor seiner Mutter mehr als vor der ganzen übrigen Welt.

Während einiger Monate fand sie keine Ursache, neue Besorgnisse zu hegen, bis eines Tages, als ein blühendes junges Landmädchen sich einfand, um den Dienst bei ihr nachzusuchen, Fritz dasselbe unverwandt betrachtete und endlich auf es zutrat und, alles andere vergessend, ihm die Wangen streichelte. Er erschrak sogleich selbst darüber und ging hinaus; die Mutter erschrak auch, und das Mädchen wurde rot und zornig und wandte sich, ohne weitern Aufenthalt zu gehen. Als Frau Amrain dies sah, hielt sie es zurück und nahm es mit einiger Überredung in ihren Dienst. Nun muß es biegen oder brechen, dachte sie und fühlte gleichzeitig, daß auf dem bisherigen, bloß verneinenden Wege dies Blut sich nicht länger meistern ließ. Sie näherte sich deshalb noch am selben Tage ihrem Sohne, als er mit seinem Vesperbrote sich unter eine schattige Rebenlaube gesetzt hatte hinter dem Hause, von wo man zum Tal hinaus in die Ferne sah nach blauen Höhenstrichen, wo andre Leute wohnten. Sie legte ihren Arm um seine Schultern, sah ihm freundlich in die Augen und sagte: „Lieber Fritz! Sei mir jetzt nur noch zwei oder drei Jährchen brav und gehorsam, und ich will dir das schönste und beste Frauchen verschaffen aus meinem Ort, daß du dir was darauf einbilden kannst!"

Fritz schlug errötend die Augen nieder, wurde ganz verlegen und erwiderte mürrisch: „Wer sagt denn, daß ich eine Frau haben wolle?" „Du sollst aber eine haben!" versetzte sie, „und, wie ich sage, eine von guter und schöner Art; aber nur wenn du sie verdienst; denn ich werde mich hüten, eine rechtschaffene Tochter hierher ins Elend zu bringen!" Damit küßte sie ihren Sohn, wie sie seit undenklicher Zeit nicht getan, und ging ins Haus zurück.

Es ward ihm aber auf einmal ganz seltsam zumute, und von Stund an waren seine Gedanken auf eine solche gute und schöne Frau gerichtet, und diese Gedanken schmeichelten ihm so sehr und beschäftigten ihn so anhaltend, daß er darüber keine Frauensperson in Seldwyla mehr ansah. Die Zärtlichkeit, mit welcher die Mutter ihm solche Ideen beigebracht, gab seinen Wünschen eine innigere und edlere Richtung, und er fühlte sich wohlgeborgen, da man es so gut mit ihm meine. Er wartete aber die zwei Jahre und die Anstalten seiner Mutter nicht ab, sondern fing schon in der nächsten Zeit an, an schönen Sonntagen ins Land hinaus zu gehen und insbesondere in der Heimat der Mutter herumzukreuzen. Er war bis jetzt kaum einmal dort gewesen und wurde von den Verwandten und Freunden seiner Mutter um so freundlicher aufgenommen, als sie großes Wohlgefallen an dem hübschen Jüngling fanden und er zudem eine Art Merkwürdigkeit war als ein wohlgeratener, fester und nicht prahlerischer Seldwyler. Er machte sich ordentlich heimisch in jenen Gegenden, was seine Mutter wohl merkte und geschehen ließ; aber sie ahnte nicht, daß er, ehe sie es vermutete, schon in bester Form einen Schatz hatte, der ihm allen von der Mutter ihm gemachten Vorspiegelungen vollkommen zu entsprechen schien. Als sie davon erfuhr, machte sie sich dahinter her, voll Besorgnis, wer es sein möchte, und fand zu ihrer frohen Verwunderung, daß er nun gänzlich auf einem guten Wege sei; denn sie mußte den Geschmack und das Urteil des Sohnes nur loben und ebenso dessen ungetrübte Treue und Fröhlichkeit, mit welcher er dem erwählten Mädchen anhing, so daß sie sich aller weiteren Zucht und aller Listen endlich enthoben sah.

Diese Klippe war unterdessen kaum glücklich umschifft, als sich eine andere zeigte, welche noch gefährlicher zu werden drohte und der Frau Regula abermals Gelegenheit gab, ihre Klugheit zu erproben. Denn die Zeit war nun da, wo Fritz, der Sohn, anfing zu politisieren und damit mehr als durch alles andere in die Gemeinschaft seiner Mitbürger gezogen wurde. Er war ein liberaler Gesell, wegen seiner Jugend, seines Verstandes, seines ruhigen Gewissens in Hinsicht seiner persönlichen Pflichterfüllung und aus anererbtem Mutterwitz. Obgleich man nach gewöhnlicher, oberflächlicher Anschauungsweise etwa hätte meinen können, Frau Amrain wäre aristokratischer Gesinnung gewesen, weil sie die meisten Leute verachten mußte, unter denen sie lebte, so war dem doch nicht also; denn höher und feiner als die Verachtung ist die Achtung vor der Welt im Ganzen. Wer freisinnig ist, traut sich und der Welt etwas Gutes zu und weiß mannhaft von nichts anderm, als daß man hiefür einzustehen vermöge, während der Unfreisinn oder der Konservatismus auf Zaghaftigkeit und Beschränktheit gegründet ist. Diese lassen sich aber schwer mit wahrer Männlichkeit vereinigen. Vor tausend Jahren begann die Zeit, da nur derjenige für einen vollkommenen Helden und Rittersmann galt, der zugleich ein frommer Christ war; denn im Christentum lag damals die Menschlichkeit und Aufklärung. Heute kann man sagen: sei einer so tapfer und resolut als er wolle, wenn er nicht vermag freisinnig zu sein, so ist er kein ganzer Mann. Und die Frau Regula hatte, nachdem sie sich einmal an ihrem Eheherren so getäuscht, zu strenge Regeln in ihrem Geschmack betreffs der Mannestugend angenommen, als daß sie eine feste und sichere Freisinnigkeit daran vermissen wollte. Übrigens, als ihr Mann um sie geworben, hatte er in allem Flor eines jugendlichen Radikalismus geglänzt, welchen er freilich mehr in der Weise handhabte wie ein Lehrling die erste silberne Sackuhr.

Abgesehen von diesen Geschmacksgründen aber

war sie aus einem Orte gebürtig, wo seit unvordenklichen Zeiten jedermann freisinnig gewesen und der im Laufe der Zeit bei jeder Gelegenheit sich als ein entschlossenes, tatkräftiges und sich gleichbleibendes Bürgernest hervorgetan, so daß, wenn es hieß: die von Soundso haben dies gesagt oder jenes getan! sie gleich einen ganzen Landstrich mitnahmen und einen kräftigen Anstoß gaben. Wenn also Frau Amrain in den Fall kam, ihre Meinung über einen Streit festzustellen, so hörte sie nicht auf das, was die Seldwyler, sondern auf das, was die Leute ihrer Jugendheimat sagten, und richtete ihre Gedanken dorthin.

Alles das waren Gründe genug für Fritz, ein guter Liberaler zu sein, ohne absonderliche Studien gemacht zu haben. Was nun die nächste Gefahr anbelangt, welche da, wo das Wort und die rechtlichen Handlungen frei sind und die Leute sich das Wetter selbst machen, für einen politisch Aufgeregten entsteht, nämlich die Gefahr, ein Müßiggänger und Schenkeläufer zu werden, so war dieselbe zu Seldwyla allerdings noch größer als an andern Schweizerorten, welche mit der ganzen alten Welt noch an der gemütlichen ostländischen Weise festhalten, das Wichtigste in breiter halbträumender Ruhe an den Quellen des Getränkes oder bei irgendeinem Genusse zu verhandeln und immer wieder zu verhandeln. Und doch sollte das nicht so sein; denn ein gutes Glas in fröhlicher Ruhe zu trinken ist ein Zweck, ein Lohn oder eine Frucht, und, wenn man das in einem tiefern Sinne nimmt, das Ausüben politischer Rechte bloß ein Mittel, dazu zu gelangen. Indessen war für Fritz diese Gefahr nicht beträchtlich, weil er schon zu sehr an Ordnung und Arbeit gewöhnt war und es ihn gerade zu Seldwyla nicht reizte, den anderen nachzufahren. Größer war schon die Gefahr für ihn, ein Schwätzer und Prahler zu werden, der immer das gleiche sagt und sich selbst gern reden hört; denn in solcher Jugend verführt nichts so leicht dazu als das lebendige Empfinden von Grundsätzen und Meinungen, welche man zur Schau stellen darf ohne Rückhalt, da sie gemeinnützig sind und das Wohl aller betreffen.

Als er aber wirklich begann, Tag und Nacht von Politik zu sprechen, ein und dieselbe Sache ewig herumzerrte und jene kindische Manier annahm, durch blindes Behaupten sich selbst zu betäuben und zu tun, als ob es wirklich so gehen müsse, wie man wünscht und behauptet, da sagte seine Mutter ein einziges Mal, als er eben im schönsten Eifer war, ganz unerwartet: „Was ist denn das für ein ewiges Schwatzen und Kannegießern? Ich mag das nicht hören! Wenn du es nicht lassen kannst, so geh auf die Gasse oder ins Wirtshaus, hier in der Stube will ich den Lärm nicht haben!"

Dies war ein Wort zur rechten Zeit gesprochen; Fritz blieb mit seiner also durchschnittenen Rede ganz verblüfft stecken und wußte gar nichts zu sagen. Er ging hinaus, und indem er über dies wunderliche Ereignis nachgrübelte, fing er an sich zu schämen, so daß er erst eine gute halbe Stunde nachher rot wurde bis hinter die Ohren, von Stund an geheilt war und seine Politik mit weniger Worten und mehr Gedanken abzumachen sich gewöhnte. So gut traf ihn der einmalige Vorwurf aus Frauenmund, ein Schwätzer und Kannegießer zu sein.

Um so größer erwies sich nun die dritte, entgegengesetzte Gefahr, an übel gewendeter Tatkraft zu verderben. So wetterwendisch nämlich sonst die Seldwyler in ihren politischen Stimmungen waren, so beharrlich blieben sie in der Teilnahme an allem Freischaren- und Zuzügerwesen, und wenn irgendwo in der Nachbarschaft es galt, gewaltsam ein widerstehendes Regiment zu sprengen, eine schwache Mehrheit einzuschüchtern oder einer trotzigen, ungefügigen Minderheit bewaffnet beizuspringen, so zog jedesmal, mochte nun die herrschende Stimmung sein welche sie wollte, von Seldwyla ein Trupp bewaffneter Leute aus, nach dem aufgeregten Punkte hin, bald bei Nacht und Nebel auf Seitenwegen, bald am hellen Tage auf offener Landstraße, je nachdem ihnen die Luft sicher schien. Denn nichts dünkte sie so ergötzlich, als bei schönem Wetter einige Tage im Lande herumzustreichen, zu sechzig oder siebenzig, wohlbewaffnet mit feinen Zielgewehren, versehen mit gewichtigen drohenden Bleikugeln und silbernen Talern, mittelst letzterer sich in den besetzten Wirtshäusern gütlich zu tun und mit tüchtigem Hallo, das Glas in der Hand, auf andere Zuzüge zu stoßen, denen es ebenfalls mehr oder minder Ernst war. Da nun das Gesetzliche und das Leidenschaftliche, das Vertragsmäßige und das ursprünglich Naturwüchsige, der Bestand und das Revolutionäre zusammen erst das Leben ausmachen und es vorwärtsbringen, so war hiegegen nichts zu sagen als: seht euch vor, was ihr ausrichtet! Nun aber erfuhren die Seldwyler den eigenen Unstern, daß sie bei ihren Auszügen immerdar entweder zu früh oder zu spät und am unrechten Orte eintrafen und gar nicht zum Schusse kamen, wenn sie nicht auf dem Heimwege, der dann nach mannigfachem Hin- und Herreden und genugsamem Trinken eingeschlagen wurde, zum Vergnügen wenigstens einige Patronen in die Luft schossen. Doch dies genügte ihnen, sie waren gewissermaßen dabeigewesen, und es hieß im Lande, die Seldwyler seien auch ausgerückt in schöner Haltung, lauter Männer mit gezogenen Büchsen und goldenen Uhren in der Tasche.

Als es das erste Mal begegnete, daß Fritz Amrain von einem solchen Ausrücken hörte und zugleich seines Alters halber fähig war mitzugehen, lief er, da es soweit eine gute Sache betraf, sogleich nach Hause, denn es war eben die höchste Zeit und der Trupp im Begriff aufzubrechen. Zu Hause zog er seine besten Kleider an, steckte genugsam Geld zu sich, hing seine Patrontasche um und ergriff sein wohl im Stand gehaltenes Infanteriegewehr, denn da er bereits ein ordentlicher und handfester junger Flügelmann war, dachte er nicht daran, mit einer kostbaren Schützenwaffe zu prahlen, die er nicht zu handhaben verstand, sondern aufrichtig und emsig sein leichtes Gewehr zu laden und loszubrennen, sobald er irgend vor den Mann kommen würde; und er sah sehnsüchtig im Geiste schon nichts anderes mehr als den letzten Hügel, die letzte Straßenecke, um welche herumbiegend man den verhaßten Gegner erblicken und es losgehen würde mit Puffen und Knallen.

Er nahm nicht das geringste Gepäck mit und verabschiedete sich kaum bei der Mutter, die ihm aufgebracht und mit klopfendem Herzen, aber schweigend zusah. „Adieu!“ sagte er, „morgen oder übermorgen früh spätestens sind wir wieder hier!“ und ging weg, ohne ihr nur die Hand zu geben, als ob er nur in den Steinbruch hinausginge, um die Arbeiter anzutreiben. So ließ sie ihn auch gehen ohne Einwendung, da es ihr widerstand, den hübschen jungen Burschen von solcher ersten Mutesäußerung abzuhalten, ehe die Zeit und die Erfahrung ihn selber belehrt. Vielmehr sah sie ihm durch das Fenster wohlgefällig nach, als er so leicht und froh dahinschritt. Doch ging sie nicht einmal ganz an das Fenster, sondern blieb in der Mitte der Stube stehen und schaute von da aus hin. Übrigens war sie selbst mutigen Charakters und hegte nicht sonderliche Sorgen, zumal sie wohl wußte, wie diese Auszüge von Seldwyla abzulaufen pflegten.

Fritz kam denn auch richtig schon am andern Morgen ganz in der Frühe wieder an und stahl sich ziemlich verschämt in das Haus. Er war ermüdet, überwacht, von vielem Weintrinken abgespannt und schlechter Laune und hatte nicht das mindeste erlebt oder ausgerichtet, außer daß er seinen feinen Rock verdorben durch das Herumlungern und sein Geldbeutel geleert war.

Als seine Mutter dies bemerkte und als sie überdies sah, daß er nicht wie die andern, die inzwischen auch gruppenweise zurückgeschlendert kamen, nur die Kleider wechselte, neues Geld zu sich steckte und nach dem Wirtshause eilte, um da den mißlungenen Feldzug auseinanderzusetzen und sich nach den ermüdenden Nichttaten zu stärken, sondern daß er eine Stunde lang schlief und dann schweigend an seine Geschäfte ging, da ward sie in ihrem Herzen froh und dachte, dieser merke von selber, was die Glocke geschlagen.

Indessen dauerte es kaum ein halbes Jahr, als sich eine neue Gelegenheit zeigte, auszuziehen nach einer anderen Seite hin, und die Seldwyler auch wirklich wieder auszogen. Eine benachbarte Regierung sollte gestürzt werden, welche sich auf eine ganz kleine Mehrheit eines andächtigen, gut katholischen Landvolkes stützte. Da aber dies Landvolk seine andächtige Gesinnung und politische Meinung ebenso handlich, munter und leidenschaftlich betrieb und bei den

Wahlvorgängen ebenso geschlossen und prügelfertig zusammenhielt wie die aufgeklärten Gegner, so empfanden diese einen heftigen und ungeduldigen Verdruß, und es wurde beschlossen, jenen vernagelten Dummköpfen durch einen mutigen Handstreich zu zeigen, wer Meister im Lande sei, und zahlreiche Parteigenossen umliegender Kantone hatten ihren Zuzug zugesagt, als ob ein Hering zu einem Lachs würde, wenn man ihm den Kopf abbeißt und sagt: dies soll ein Lachs sein! Aber in Zeiten des Umschwunges, wenn ein neuer Geist umgeht, hat die alte Schale des gewohnten Rechtes keinen Wert mehr, da der Kern heraus ist, und ein neues Rechtsbewußtsein muß erst erlernt und angewöhnt werden, damit „rechtlich am längsten währe", das heißt, solange der neue Geist lebt und währt, bis er wiederum veraltet ist und das Auslegen und Zanken um die Schale des Rechtes von neuem angeht. Als gewohnterweise wieder einige Dutzend Seldwyler beisammen waren, um als ein tapferes Häuflein auszurücken und der verhaßten Nachbarregierung vom Amte zu helfen, war Frau Regel Amrain guter Laune, indem sie dachte, diese bewaffneten Kannegießer wären diesmal recht angeführt, wenn sie glaubten, daß ihr Sohn mitginge; denn nach ihren bisherigen Erfahrungen, laut welchen das wackere Blut stets durch eine einmalige Lehre sich gebessert, mußte es ihm jetzt nicht einfallen mitzugehen. Aber siehe da! Fritz erschien unversehens, als sie ihn bei seinen Geschäften glaubte, im Hause, bürstete seine starken Werkeltagskleider wohl aus und steckte die Bürste nebst anderen Ausrüstungsgegenständen und einiger Wäsche in eine Reisetasche, welche er umhing, kreuzweis mit der wohlgefüllten Patrontasche; dann ergriff er abermals sein Gewehr und senkte es zum Gehen, nachdem er mit dem Daumen einige Male den Hahn hin und her gezogen, um die Federkraft des Schlosses zu erproben.

„Diesmal", sagte er, „wollen wir die Sache anders angreifen, adieu!" Und so zog er ab, ungehindert von der Mutter, welcher es abermals unmöglich war, ihn von seinem Tun abzuhalten, da sie wohl sah, daß es ihm Ernst war. Um so besorgter war sie jetzt plötzlich, und sie erbleichte einen Augenblick lang, während sie abermals mit Wohlgefallen seine Entschlossenheit bemerkte. Die Seldwyler Schar kehrte am nächsten Tage ganz in der alten Weise zurück, ohne noch zu wissen, wie es auf dem Kampfplatze ergangen; denn da sie die Grenze ein bißchen überschritten hatten, fanden sie das dasige Ländchen sehr aufgeregt und die Bauern darüber erbost, daß man solchergestalt auf ihrem Territorium erscheine wie zu den Zeiten des Faustrechtes. Sie stellten jedoch kein Hindernis entgegen, sondern standen nur an den Wegen mit spöttischen Gesichtern, welche zu sagen schienen, daß sie die Eindringlinge einstweilen vorwärts spazieren lassen, aber auf dem Rückwege dann näher ansehen wollten. Dies kam den Seldwylern gar nicht geheuer vor, und sie beschlossen deshalb, das versprochene Eintreffen anderer Zuzüge abzuwarten, ehe sie weitergingen. Als diese aber nicht kamen und ein Gerücht sich verbreitete, der Putsch sei schon vorüber und günstig abgelaufen, machten sie sich endlich wieder auf den Rückweg mit Ausnahme des Fritz Amrain, welcher seelenallein und trotzig verwegen sich von ihnen trennte und mitten durch das gegnerische Gebiet wegmarschierte auf dessen Hauptstadt zu. Denn er hatte, indem er seine Gefährten zechen und schwatzen ließ, sich erkundigt und vernommen, daß ein Häuflein Bursche aus dem Geburtsorte seiner Mutter einige Stunden von da eintreffen würde, und zu diesen gedachte er zu stoßen. Er erreichte sie auch ohne Gefährde, weil er rasch und unbekümmert seinen Weg ging, und drang mit ihnen ungesäumt vorwärts. Allein die Sache schlug fehl, jene schwankhafte Regierung behauptete sich für diesmal wieder durch einige günstige Zufälle, und sobald diese sich deutlich entwickelt, tat sich das Landvolk zusammen, strömte der Hauptstadt zu in die Wette mit den Freizügern und versperrte diesen die Wege, so daß Fritz und seine Genossen, noch ehe sie die Stadt erreichten, zwischen zwei große Haufen bewaffneter Bauern gerieten und, da sie sich mannlich durchzuschlagen gedachten, ein Gefecht sich unverweilt entspann. So sah sich denn Fritz angesichts fremder Dorfschaften und Kirchtürme ladend, schießend und wieder ladend, indessen die Glocken stürmten und heulten über den verwegenen Einbruch und den Verdruß des beleidigten Bodens auszuklagen schienen. Wo sich die kleine Schar hinwandte, wichen die Landleute mit großem Lärm etwas zurück; denn ihre junge Mannschaft war im Soldatenrock schon nach der Stadt gezogen worden, und was sich hier den Angreifern entgegenstellte, bestand mehr aus alten und ganz jungen unerwachsenen Leuten, von Priestern, Küstern und selbst Weibern angefeuert. Aber sie zogen sich dennoch immer dichter zusammen, und nachdem erst einige unter ihnen verwundet waren, stellte gerade dieser dunkle Saum erschreckter alter Menschen, Weiber und Priester, die sich zusammen den Landsturm nannten, das aufgebrachte und beleidigte Gebiet vor, und die Glocken schrien den Zorn über alles Getöse hinweg weit in das Land hinaus. Aber der drohende Saum zog sich immer enger und enger um die fechtenden Parteigänger, einige entschlossene und erfahrene Alte gingen voran, und es dauerte nicht mehr lange, so waren die Freischärler gefangen. Sie ergaben sich ohne weiteres, als sie sahen, daß sie alles gegen sich hatten, was hier wohnte. Wenn man im offenen Kriege vom Reichsfeind gefangen wird, so ist das ein Unstern wie ein anderer und kränkt den Mann nicht tiefer; aber von seinen Mitbürgern als ein gewalttätiger politischer Widersacher gefangen zu werden ist so demütigend und kränkend, als irgend etwas auf Erden sein kann. Kaum waren sie entwaffnet und von dem Volke umringt, als alle möglichen Ehrentitel auf sie niederregneten: Landfriedenbrecher, Freischärler, Räuber, Buben waren noch die mildesten Ausrufe, die sie zu hören bekamen. Zudem wurden sie von vorn und hinten betrachtet wie wilde Tiere, und je solider sie in ihrer Tracht und Haltung aussahen, desto erboster schienen die Bauern darüber zu werden, daß solche Leute solche Streiche machten.

So hatten sie nun nichts weiter zu tun als zu stehen oder zu gehen, wo und wie man ihnen befahl, hierhin, dorthin, wie es dem vielköpfigen Souverän beliebte, welchem sie sein Recht hatten nehmen wollen. Und er übte es jetzt in reichlichem Maße aus, und es fehlte nicht an Knüffen und Püffen, wenn die Herren Gefangenen sich trotzig zeigten oder nicht gehorchen wollten. Jeder schrie ihnen eine gute Lehre zu: „Wäret ihr zu Hause geblieben, so brauchtet ihr uns nicht zu gehorchen! Wer hat euch hergerufen? Da ihr uns regieren wolltet, so wollen wir nun euch auch regieren, ihr Spitzbuben! Was bezieht ihr für Gehalt für euer Geschäft, was für Sold für euer Kriegswesen? Wo habt ihr eure Kriegskasse und wo euren General? Pflegt ihr oft auszuziehen ohne Trompeter, so in der Stille? Oder habt ihr den Trompeter heimgeschickt, um euren Sieg zu verkünden? Glaubtet ihr, die Luft in unserm Gebiet sei schlechter als eure, da ihr kamet, sie mit Bleikugeln zu peitschen? Habt ihr schon gefrühstückt, ihr Herren? Oder wollt ihr ins Gras beißen? Verdienen würdet ihr es wohl! Habt ihr geglaubt, wir hätten hier keinen ordentlichen Staat, wir stellten gar nichts vor in unserm Ländchen, daß ihr da rottenweise herumstreicht ohne Erlaubnis? Wolltet ihr Füchse fangen oder Kaninchen? Schöne Bundesgenossen, die uns mit dem Schießprügel in der Hand unser gutes Recht stehlen wollen! Ihr könnt euch bei denen bedanken, die euch hergerufen; denn man wird euch eine schöne Mahlzeit anrichten! Ihr dürfet einstweilen unsere Zuchthauskost versuchen; es ist eine ganz entschiedene Majorität von gesunden Erbsen, gewürzt mit dem Salze eines handlichen Strafgesetzes gegen Hochverrat, und wenn ihr Jahr und Tag gesessen habt, so wird man euch erlauben, zur Feier eures glorreichen Einzuges auch eine kleine Minorität von Speck zu überwältigen, aber beißt euch alsdann die Zähne nicht daran aus! Es geht allerdings nichts über einen guten Spaziergang und ist zuträglich für die Gesundheit, insbesondere wenn man keine regelmäßige Arbeit und Bewegung zu haben scheint; aber man muß sich doch immer in acht nehmen, wo man spazierengeht, und es ist unhöflich, mit dem Hut auf dem Kopf in eine Kirche und mit dem Gewehr in der Hand in ein friedfertiges Staatswesen hereinzuspazieren! Oder habt ihr geglaubt, wir stellen keinen Staat vor, weil wir noch Religion haben und unsere Pfaffen zu ehren belieben? Dieses gefällt uns einmal so, und wir wohnen gerade so lang im Lande als ihr, ihr Maulaffen, die ihr nun dasteht und euch nicht zu helfen wißt!“

So tönte es unaufhörlich um sie her, und die Beredsamkeit der Sieger war um so unerschöpflicher, als sie das gleiche, dessen sie ihre Gegner nun anklagten, entweder selbst schon getan oder es jeden Augenblick zu tun bereit waren, wenn die Umstände und die persönliche Rüstigkeit es erlaubten, gleich wie ein Dieb die beredteste Entrüstung verlauten läßt, wenn ein Kleinod, das er selbst gestohlen, ihm abermals entfremdet wird. Denn der Mensch trägt die unbefangene Schamlosigkeit des Tieres geradewegs in das moralische Gebiet hinüber und gebärdet sich da im guten Glauben an das nützliche Recht seiner Willkür so naiv wie die Hündlein auf den Gassen. Die gefangenen Freischärler mußten indessen alles über sich ergehen lassen und waren nur bedacht, durch keinerlei Herausforderung eine körperliche Mißhandlung zu veranlassen. Dies war das einzige, was sie tun konnten, und die Älteren und Erfahrenern unter ihnen ertrugen das Übel mit möglichstem Humor, da sie voraussahen, daß die Sache nicht so gefährlich abliefe, als es schien. Der eine oder andere merkte sich ein schimpfendes Bäuerlein, das in seinem Laden etwa eine Sense oder ein Maß Kleesamen gekauft und schuldig geblieben war, und gedachte demselben seinerzeit seine beißenden Anmerkungen mit Zinsen zurückzugeben, und wenn ein solches Bäuerlein solchen Blick bemerkte und den Absender erkannte, so hörte es darum nicht plötzlich auf zu schelten, aber richtete unvermerkt seine Augen und seine Worte anderswohin in den Haufen und verzog sich allmählich hinter die Front; so gemütlich und seltsamlich spielen die Menschlichkeiten durcheinander. Fritz Amrain aber war im höchsten Grade niedergeschlagen und trostlos. Zwei oder drei seiner Gefährten waren gefallen und lagen noch da, andere waren verwundet, und er sah den Boden um sich her mit Blut gefärbt; sein Gewehr und seine Taschen waren ihm abgenommen, ringsum erblickte er drohende Gesichter, und so war er plötzlich aus seiner bedachtlosen und fieberhaften Aufregung erwacht, der Sonnenschein des lustigen Kampftages war verwischt und verdunkelt, das lustige Knallen der Schüsse und die angenehme Musik des kurzen Gefechtlärmens verklungen, und als nun gar endlich die Behörden oder Landesautoritäten sich hervortaten aus dem Wirrsal und eine trockene geschäftliche Einteilung und Abführung der Gefangenen begann, war es ihm zumute wie einem Schulknaben, welcher aus einer mutwilligen Herrlichkeit, die ihm für die Ewigkeit gegründet und höchst rechtmäßig schien, unversehens von dem häßlichsten Schulmeister aufgerüttelt und beigesteckt wird und der nun in seinem Gram alles verloren und das Ende der Welt herbeigekommen wähnt. Er schämte sich, ohne zu wissen vor wem, er verachtete seine Feinde und war doch in ihrer Hand. Er war begeistert gewesen, gegen sie auszuziehen, und doch waren sie jetzt in jeder Hinsicht in ihrem Rechte; denn selbst ihre Beschränktheit oder ihre Dummheit war ihr gutes rechtliches Eigentum, und es gab kein Mandat dagegen als dasjenige des Erfolges, der nun leider ausgeblieben war. Die leidenschaftlich erbosten Gesichter aller dieser bejahrten und gefurchten Landleute, welche auf ihren gefundenen Sieg trotzten, traten ihm in seiner helldunklen Trostlosigkeit mit einer seltsamen Deutlichkeit vor die Augen; überall, wo er durchgeführt wurde, gab es neue Gesichter, die er nie gesehen, die er nicht einzeln und nicht mit Willen ansah und die sich ihm dennoch scharf und trefflich beleuchtet einprägten als ebenso viele Vorwürfe, Beleidigungen und Strafgerichte. Je näher der Zug der Gefangenen der Stadt kam, desto lebendiger wurde es; die Stadt selbst war mit Soldaten und bewaffneten Landleuten angefüllt, welche sich um die neu befestigte Regierung scharten, und die Gefangenen wurden im Triumphe durchgeführt. Von der Opposition, welche gestern noch so mächtig gewesen, daß sie um die Herrschaft ringen konnte und sich bewegte, wie es ihr gefiel, war nicht die leiseste Spur mehr zu erblicken; es war eine ganz andere, grobe und widerstehende Welt, als sich Fritz gedacht hatte, welche sich für unzweifelhaft und aufs beste begründet ausgab und nur verwundert schien, wie man sie irgend habe in Frage stellen und angreifen können. Denn jeder tanzt, wenn seine Geige gestrichen wird, und wenn viele Menschen zusammen sich was einbilden, so blähet sich eine Unendlichkeit in dieser Einbildung. Endlich aber waren die Gefangenen in Türmen und andern Baulichkeiten untergebracht, alle schon bewohnt von ähnlichen Unternehmungslustigen, und so befand sich auch Fritz hinter Schloß und Riegel und war es erklärlich, daß er nicht mit den Seldwylern zurückgekehrt war.

Diese rächten sich für ihren mißlungenen Zug dadurch, daß sie den sieghaften Gegnern auf der Stelle die abscheulichste und rücksichtsloseste Rachsucht zuschrieben und daß jeder, der entkommen war, es als für gewiß annahm, die Gefangenen würden erschossen werden. Es gab Leute, die sonst nicht ganz unklug waren, welche allen Ernstes glaubten und wieder sagten, daß die fanatisierten Bauern gefangene Freischärler zwischen zwei Bretter gebunden und entzweigesägt oder auch etliche derselben gekreuziget hätten.

Sobald Frau Regula diese Übertreibungen und dies unmäßige Mißtrauen vernahm, verlor sie die Hälfte des Schreckens, welchen sie zuerst empfunden, da die Torheit der Leute ihren Einfluß auf die Wohlbestellten immer selbst reguliert und unschädlich macht. Denn hätten die Seldwyler nur etwa die Befürchtung ausgesprochen, die Gefangenen könnten vielleicht wohl erschossen werden nach dem Standrecht, so wäre sie in tödlicher Besorgnis geblieben; als man aber sagte, sie seien entzweigesägt und gekreuzigt, glaubte sie auch jenes nicht mehr. Dagegen erhielt sie bald einen kurzen Brief von ihrem Sohne, laut welchem er wirklich eingetürmt war und sie um die sofortige Erlegung einer Geldbürgschaft bat, gegen welche er entlassen würde. Mehrere Kameraden seien schon auf diese Weise freigegeben worden. Denn die sieghafte Regierung war in großen Geldnöten und verschaffte sich auf diese Weise einige willkommene außerordentliche Einkünfte, da sie nachher nur die hinterlegten Summen in ebenso viele Geldbußen zu verwandeln brauchte. Frau Amrain steckte den Brief ganz vergnügt in ihren Busen und begann gemächlich und ohne sich zu übereilen die erforderlichen Geldmittel beizubringen und zurechtzulegen, so daß wohl acht Tage vergingen, ehe sie Anstalt machte, damit abzureisen. Da kam ein zweiter Brief, welchen der Sohn Gelegenheit gefunden, heimlich abzuschicken, und worin er sie beschwor, sich ja zu eilen, da es ganz unerträglich sei, seinen Leib dergestalt in der Gewalt verhaßter Menschen zu sehen. Sie wären eingesperrt wie wilde Tiere, ohne frische Luft und

Bewegung, und müßten Habermus und Erbsenkost aus einer hölzernen Bütte gemeinschaftlich essen mit hölzernen Löffeln. Da schob sie lächelnd ihre Abreise noch um einige Tage auf, und erst als der eingepferchte Tatkräftige volle vierzehn Tage gesessen, nahm sie ein Gefährt, packte die Erlösungsgelder nebst frischer Wäsche und guten Kleidern ein und begab sich auf den Weg. Als sie aber ankam, vernahm sie, daß ehestens eine Amnestie ausgesprochen würde über alle, die nicht ausgezeichnete Rädelsführer seien, und besonders über die Fremden, da man diese nicht unnütz zu füttern gedachte und jetzt keine eingehenden Gelder mehr erwartete. Da blieb sie noch zwei oder drei Tage in einem Gasthofe, bereit, ihren Sohn jeden Augenblick zu erlösen, der übrigens seiner Jugend wegen nicht sehr beachtet wurde. Die Amnestie wurde auch wirklich verkündet, da diesmal die siegende Partei aus Sparsamkeit die wahre Weise befolgte: im Siege selbst, und nicht in der Rache oder Strafe, ihr Bewußtsein und ihre Genugtuung zu finden. So fand denn der verzweifelte Fritz seine Mutter an der Pforte des Gefängnisses seiner harrend. Sie speiste und tränkte ihn, gab ihm neue Kleider und fuhr mit ihm nebst der geretteten Bürgschaft von dannen.

Als er sich nun wohlgeborgen und gestärkt neben seiner Mutter sah, fragte er sie, warum sie ihn denn so lange habe sitzen lassen? Sie erwiderte kurz und ziemlich vergnügt, wie ihm schien, daß das Geld eben nicht früher wäre aufzutreiben gewesen. Er kannte aber den Stand ihrer Angelegenheiten nur zu wohl und wußte genau, wo die Mittel zu suchen und zu beziehen waren. Er ließ also diese Ausflucht nicht gelten und fragte abermals. Sie meinte, er möchte sich nur zufriedengeben, da er durch sein

Sitzen in dem Turme ein gutes Stück Geld verdient und überdies Gelegenheit erhalten, eine schöne Erfahrung zu machen. Gewiß habe er diesen oder jenen vernünftigen Gedanken zu fassen die Muße gehabt. „Du hast mich am Ende absichtlich steckenlassen“, erwiderte er und sah sie groß an, „und hast mir in deinem mütterlichen Sinne das Gefängnis förmlich zuerkannt?“ Hierauf antwortete sie nichts, sondern lachte laut und lustig in dem rollenden Wagen, wie er sie noch nie lachen gesehen. Als er hierauf nicht wußte, welches Gesicht er machen sollte, und seltsam die Nase rümpfte, umhalste sie ihn, noch lauter lachend, und gab ihm einen Kuß. Er sagte aber kein Wort mehr, und es zeigte sich von nun an, daß er in dem Gefängnis in der Tat etwas gelernt habe.

Denn er hielt sich in seinem Wesen jetzt viel ernster und geschlossener zusammen und geriet nie wieder in Versuchung, durch eine unrechtmäßige oder leichtsinnige Tatlust eine Gewalt herauszufordern und seine Person in ihre Hand zu geben zu seiner Schmach und niemand zum Nutzen. Er nahm sich nicht gerade vor, nie mehr auszuziehen, da die Ereignisse nicht zum voraus gezählt werden können und niemand seinem Blut gebieten kann, stillezustehn, wenn es rascher fließt; aber er war nun sicher vor jeder nur äußerlichen und unbedachten Kampflust. Diese Erfahrung wirkte überhaupt dermaßen auf den jungen Mann, daß er mit verdoppeltem Fortschritt an Tüchtigkeit in allen Dingen zuzunehmen schien und den Sachen schon mit voller Männlichkeit vorstand, als er kaum zwanzig Jahre alt war. Frau Amrain gab ihm deswegen nun die junge Frau, welche er wünschte, und nach Verlauf eines Jahres, als er bereits ein kleines, hübsches Söhnchen besaß, war er zwar immer wohlgemut, aber um so ernsthafter und gemessener in seinen fleißigen Geschäften, als seine Frau lustig, voll Gelächter und guter Dinge war; denn es gefiel ihr über die Maßen in diesem Hause, und sie kam vortrefflich mit ihrer Schwiegermutter aus, obgleich sie von dieser verschieden und wieder eine andere Art von gutem Charakter war.

So schien nun das Erziehungswerk der Frau Regula auf das beste gekrönt und der Zukunft mit Ruhe entgegenzusehen; denn auch die beiden älteren Söhne, welche zwar trägen Wesens, aber sonst gutartig waren, hatte sie hinter dem wackern Fritz her leidlich durchgeschleppt und, als dieselben herangewachsen, die Vorsicht gebraucht, sie in anderen Städten in die Lehre zu geben, wo sie denn auch blieben und ihr ferneres Leben begründeten als ziemlich bequemliche, aber sonst ordentliche Menschen, von denen nachher so wenig zu sagen war wie vorher.

Fritz aber, da er bereits ein würdiger Familienvater war, mußte doch noch einmal in die Schule genommen werden von der Mutter, und zwar in einer Sache, um die sich manche Mutter vom gemeinen Schlage wenig bekümmert hätte. Der Sohn war ungefähr zwei Jahre schon verheiratet, als das Ländchen, welchem Seldwyla angehörte, seinen obersten maßgebenden Rat neu zu bestellen und deshalben die vierjährigen Wahlen vorzunehmen hatte, infolge deren denn auch die verwaltenden und richterlichen Behörden bestellt wurden. Bei den letzten Hauptwahlen war Fritz noch nicht stimmfähig gewesen, und es war jetzt das erste Mal, wo er dergleichen beiwohnen sollte. Es war aber eine große Stille im Lande. Die Gegensätze hatten sich einigermaßen ausgeglichen und die Parteien aneinander abgeschliffen; es wurde in allen Ecken fleißig gearbeitet, man lichtete die alten Winkeleien in der Gesetzsammlung und machte fleißig neue, gute und schlechte, bauete öffentliche Werke, übte sich in einer geschickten Verwaltung ohne Unbesonnenheit, doch auch ohne Zopf, und ging darauf aus, jeden an seiner Stelle zu verwenden, die er verstand und treulich versah, und endlich gegen jedermann artig und gerecht zu sein, der es in seiner Weise gut meinte und selbst kein Zwinger und Hasser war. Dies alles war nun den Seldwylern höchst langweilig, da bei solcher stillgewordenen Entwicklung keine Aufregung stattfand. Denn Wahlen ohne Aufregung, ohne Vorversammlungen, Zechgelage, Reden, Aufrufe, ohne Umtriebe und heftige, schwankende Krisen waren ihnen so gut wie gar keine Wahlen, und so war es diesmal entschieden schlechter Ton zu Seldwyla, von den Wahlen nur zu sprechen, wogegen sie sehr beschäftigt taten mit Errichtung einer großen Aktienbierbrauerei und Anlegung einer Aktienhopfenpflanzung, da sie plötzlich auf den Gedanken gekommen waren, eine solche stattliche Bieranstalt mit weitläufigen guten Kellereien, Trinkhallen und Terrassen würde der Stadt einen neuen Aufschwung geben und dieselbe berühmt und vielbesucht machen. Fritz Amrain nahm an diesen Bestrebungen eben keinen Anteil, allein er kümmerte sich auch wenig um die Wahlen, so sehr er sich vor vier Jahren gesehnt hatte, daran teilzunehmen. Er dachte sich, da alles gut ginge im Lande, so sei kein Grund, den öffentlichen Dingen nachzugehen, und die Maschine würde deswegen nicht stillestehen, wenn er schon nicht wähle. Es war ihm unbequem, an dem schönen Tage in der Kirche zu sitzen mit einigen alten Leuten; und, wenn man es recht betrachtete, schien sogar ein Anflug von philisterhafter Lächerlichkeit zu kleben an den diesjährigen Wahlen, da sie eine gar so stille und regelmäßige Pflichterfüllung waren. Fritz scheuete die Pflicht nicht; wohl aber haßte er nach Art aller jungen Leute kleinere Pflichten, welche uns zwingen, zu ungelegener Stunde den guten Rock anzuziehen, den bessern Hut zu nehmen und uns an einen höchst langweiligen oder trübseligen Ort hinzubegeben, als wie ein Taufstein, ein Kirchhof oder ein Gerichtszimmer. Frau Amrain jedoch hielt gerade diese Weise der Seldwyler, die sie nun angenommen, für unerträglich und unverschämt, und eben weil niemand hinging, so wünschte sie doppelt, daß ihr Sohn es täte. Sie steckte es daher hinter seine Frau und trug dieser auf, ihn zu überreden, daß er am Wahltage ordentlich in die Versammlung ginge und einem tüchtigen Manne seine Stimme gäbe, und wenn er auch ganz allein stände mit derselben. Allein, mochte nun das junge Weibchen nicht die nötige Beredsamkeit besitzen in einer Sache, die es selber nicht viel kümmerte, oder mochte der junge Mann nicht gesonnen sein, sich in ihr eine neue Erzieherin zu nähren und großzuziehen, genug, er ging an dem betreffenden Morgen in aller Frühe in seinen Steinbruch hinaus und schaffte dort in der warmen Maisonne so eifrig und ernsthaft herum, als ob an diesem einen Tage noch alle Arbeit der Welt abgetan werden müßte und nie wieder die Sonne aufginge hernach. Da ward seine Mutter ungehalten und setzte ihren Kopf darauf, daß er dennoch in die Kirche gehen solle; und sie band ihre immer noch glänzend schwarzen Zöpfe auf, nahm einen breiten Strohhut darüber und Fritzens Rock und Hut an den Arm und wanderte rasch hinter das

Städtchen hinaus, wo der weitläufige Steinbruch an der Höhe lag. Als sie den langen krummen Fahrweg hinanstieg, auf welchem die Steinlasten herabgebracht wurden, bemerkte sie, wie tief der Bruch seit zwanzig Jahren in den Berg hineingegangen, und überschlug das unzweifelhafte gute Erbtum, das sie erworben und zusammengehalten. Auf verschiedenen Abstufungen hämmerten zahlreiche Arbeiter, welchen Fritz längst ohne Werkführer vorstand, und zuoberst, wo grünes Buchenholz die frischen weißen Brüche krönte, erkannte sie ihn jetzt selbst an seinem weißeren Hemde, da er Weste und Jacke weggeworfen, wie er mit einem Trüppchen Leute die Köpfe zusammensteckte über einem Punkte. Gleichzeitig aber sah man sie und rief ihr zu, sich in acht zu nehmen. Sie duckte sich unter einen Felsen, worauf in der Höhe nach einer kleinen Stille ein starker Schlag erfolgte und eine Menge kleiner Steine und Erde rings herniederregneten. „Da glaubt er nun", sagte sie zu sich selbst, „was er für Heldenwerk verrichtet, wenn er hier Steine gen Himmel sprengt, statt seine Pflicht als Bürger zu tun!" Als sie oben ankam und verschnaufte, schien er, nachdem er flüchtig auf den Rock und Hut geschielt, den sie trug, sie nicht zu bemerken, sondern untersuchte eifrig die Löcher, die er eben gesprengt, und fuhr mit dem Zollstock an den Steinen herum. Als er sie aber nicht mehr vermeiden konnte, sagte er: „Guten Tag, Mutter! Spazierest ein wenig? Schön ist das Wetter dazu!" und wollte sich wieder wegmachen. Sie ergriff ihn aber bei der Hand und führte ihn etwas zur Seite, indem sie sagte: „Hier habe ich dir Rock und Hut gebracht, nun tu mir den Gefallen und geh zu den Wahlen! Es ist eine wahre Schande, wenn niemand geht aus der Stadt!"

„Das fehlte auch noch“, erwiderte Fritz ungeduldig, „jetzt abermals bei diesem Wetter in der langweiligen Kirche zu sitzen und Stimmzettel umherzubieten. Natürlich wirst du dann für den Nachmittag schon irgendein Leichenbegängnis in Bereitschaft haben, wo ich wieder mithumpeln soll, damit der Tag ja ganz verschleudert werde! Daß ihr Weibsleute unsereinen immer an Begräbnisse und Kindertaufen hinspediert, ist begreiflich; daß ihr euch aber so sehr um die Politik bekümmert, ist mir ganz etwas Neues!“

„Schande genug“, sagte sie, „daß die Frauen euch vermahnen sollen zu tun, was sich gebührt und was eine verschworene Pflicht und Schuldigkeit ist!“

„Ei, so tue doch nicht so“, erwiderte Fritz, „seit wann wird denn der Staat stillestehn, wenn einer mehr oder weniger mitgeht, und seit wann ist es denn nötig, daß ich gerade überall dabei bin?“

„Dies ist keine Bescheidenheit, die dies sagt“, antwortete die Mutter, „dies ist vielmehr verborgener Hochmut! Denn ihr glaubt wohl, daß ihr müßt dabei sein, wenn es irgend darauf ankäme, und nur weil ihr den gewohnten stillen Gang der Dinge verachtet, so haltet ihr euch für zu gut dabeizusein!“

„Es ist aber in der Tat lächerlich, allein dahin zu gehen“, sagte Fritz, „jedermann sieht einen hingehen, wo dann niemand als die Kirchenmaus zu sehen ist.“

Frau Amrain ließ aber nicht nach und erwiderte: „Es genügt nicht, daß du unterlassest, was du an den Seldwylern lächerlich findest! Du mußt außerdem noch tun gerade, was sie für lächerlich halten; denn was diesen Eseln so vorkommt, ist gewiß etwas Gutes und Vernünftiges! Man kennt die Vögel an den Federn, so die Seldwyler an dem, was sie für lächerlich halten. Bei allen kleinen Angelegenheiten, bei allen schlechten Geschichten, eitlen Vergnügungen und Dummheiten, bei allem Gevatter- und Geschnatterwesen befleißigt man sich der größten Pünktlichkeit; aber alle vier Jahre einmal sich pünktlich und vollzählig zu einer Wahlhandlung einzufinden, welche die Grundlage unsers ganzen öffentlichen Wesens und Regimentes ist, das soll langweilig, unausstehlich und lächerlich sein! Das soll in dem Belieben und in der Bequemlichkeit jedes einzelnen stehen, der immer nach seinem Rechte schreit, aber, sobald dies Recht nur ein bißchen auch nach Pflicht riecht, sein Recht darin sucht, keines zu üben! Wie, ihr wollt einen freien Staat vorstellen und seid zu faul, alle vier Jahre einen halben Tag zu opfern, einige Aufmerksamkeit zu bezeigen und eure Zufriedenheit oder Unzufriedenheit mit dem Regiment, das ihr vertragsmäßig eingesetzt, zu offenbaren? Sagt nicht, daß ihr immer da wäret, wenn es sein müßte! Wer nur da ist, wenn es ihn belustigt und seine Leidenschaft kitzelt, der wird einmal ausbleiben und sich eine Nase drehen lassen, gerade wenn er am wenigsten daran denkt.

Jeder Arbeiter ist seines Lohnes wert, und so auch der, welcher für das Wohl des Landes arbeitet und dessen öffentliche Dinge besorgt, die in jedem Hause in Einrichtungen und Gesetzen auf das tiefste eingreifen. Schon die alleräußerlichste Artigkeit und Höflichkeit gegen die betrauten Männer erforderte es, wenigstens an diesem Tage sich vollzählig einzufinden, damit sie sehen, daß sie nicht in der Luft stehen. Der Anstand vor den Nachbaren und das Beispiel für die Kinder verlangen es ebenfalls, daß diese Handlung mit Kraft und Würde begangen wird, und da finden es diese Helden unbequem und lächerlich, die gleichen, welche täglich die größte Pünktlichkeit innehalten, um einer Kegelpartie oder einer nichtssagenden aberwitzigen Geschichte beizuwohnen.

Wie, wenn nun die sämtlichen Behörden, über solche Unhöflichkeit erbittert, euch den Sack vor die Tür würfen und auf einmal abtreten würden? Sag nicht, daß dies nie geschehen werde! Es wäre doch immer möglich, und alsdann würde eure Selbstherrlichkeit dastehen wie die Butter an der Sonne; denn nur durch gute Gewöhnung, Ordnung und regelrechte Ablösung oder kräftige Bestätigung ist in Friedenszeiten diese Selbstherrlichkeit zu brauchen und bemerklich zu machen. Wenigstens ist es die allerverkehrteste Anwendung oder Offenbarung derselben, sich gar nicht zu zeigen, warum? weil es ihr so beliebt!

Nimm mir nicht übel, das sind Kindesgedanken und Weibernücken; wenn ihr glaubt, daß solche Aufführung euch wohl anstehe, so seid ihr im Irrtum. Aber ihr beneidet euch selbst um die Ruhe und um den Frieden, und damit die Dinge, obgleich ihr nichts dagegen einzuwenden wißt, und nur auf alle Fälle hin, so ins Blaue hinein schlecht begründet erscheinen, so wählt ihr nicht oder überlaßt die Handlung den Nachtwächtern, damit, wie gesagt, vorkommendenfalls von eurem Neste Seldwyl ausgeschrien werden könne, die öffentliche Gewalt habe keinen festen Fuß im Volke. Bübisch ist aber dieses, und es ist gut, daß eure Macht nicht weiter reicht als eure lotterige Stadtmauer!"

„Ihr und immer ihr!" sagte Fritz ungehalten, „was hab ich denn mit diesen Leuten zu schaffen? Wenn dieselben solche elende Launen und Beweggründe haben, was geht das mich an?"

„Gut denn“, rief Frau Regel, „ so benimm dich auch anders als sie in dieser Sache und geh zu den Wahlen!“

„Damit“, wandte ihr Sohn lächelnd ein, „man außerhalb sage, der einzige Seldwyler, welcher denselben beigewohnt, sei noch von den Weibern hingeschickt worden?“

Frau Amrain legte ihre Hand auf seine Schulter und sagte: „Wenn es heißt, daß deine Mutter dich hingeschickt habe, so bringt dir dies keine Schande, und mir bringt es Ehre, wenn ein solcher tüchtiger Gesell sich von seiner Mutter schicken läßt! Ich würde wahrhaftig stolz darauf sein, und du kannst mir am Ende den kleinen Gefallen zu meinem Vergnügen erweisen, nicht so?“

Fritz wußte hiegegen nichts mehr vorzubringen und zog den Rock an und setzte den Bürgerhut auf. Als er mit der trefflichen Frau den Berg hinunterging, sagte er: „Ich habe dich in meinem Leben nie so viel politisieren hören wie soeben, Mutter! Ich habe dir so lange Reden gar nicht zugetraut!“

Sie lachte, erwiderte dann aber ernsthaft: „Was ich gesagt, ist eigentlich weniger politisch gemeint als gut hausmütterlich. Wenn du nicht bereits Frau und Kind hättest, so würde es mir vielleicht nicht eingefallen sein, dich zu überreden; so aber, da ich ein wohlerhaltenes Haus von meinem Geblüte in Aussicht sehe, so halte ich es für ein gutes Erbteil solchen Hauses, wenn darin in allen Dingen das rechte Maß gehalten wird. Wenn die Söhne eines Hauses beizeiten sehen und lernen, wie die öffentlichen Dinge auf rechte Weise zu ehren sind, so bewahrt sie vielleicht gerade dies vor unrechten und unbesonnenen Streichen. Ferner, wenn sie das eine ehren und zuverlässig tun, so werden sie es auch mit dem andern so halten, und so, siehst du, habe ich am Ende nur als fürsichtige häusliche Großmutter gehandelt, während man sagen wird, ich sei die ärgste alte Kannegießerin!"

In der Kirche fand Fritz statt einer Zahl von sechs- oder siebenhundert Männern kaum deren vier Dutzend, und diese waren beinahe ausschließlich Landleute aus umliegenden Gehöften, welche mit den Seldwylern zu wählen hatten. Diese Landleute hätten zwar auch eine sechsmal stärkere Zahl zu stellen gehabt; aber da die Ausgebliebenen wirklich im Schweiße ihres Angesichts auf den Feldern arbeiteten, so war ihr Wegbleiben mehr eine harmlose Gedankenlosigkeit und ein bäuerlicher Geiz mit dem schönen Wetter, und weil sie einen weiten Weg zu machen hatten, erschien das Dasein der Anwesenden um so löblicher. Aus der Stadt selbst war niemand da als der Gemeindepräsident, die Wahlen zu leiten, der Gemeindeschreiber, das Protokoll zu führen, dann der Nachtwächter und zwei oder drei arme Teufel, welche kein Geld hatten, um mit den lachenden Seldwylern den Frühschoppen zu trinken. Der Herr Präsident aber war ein Gastwirt, welcher vor Jahren schon falliert hatte und seither die Wirtschaft auf Rechnung seiner Frau fortbetrieb. Hierin wurde er von seinen Mitbürgern reichlich unterstützt, da er ganz ihr Mann war, das große Wort zu führen wußte und bei allen Händeln als ein erfahrner Wirt auf dem Posten war. Daß er aber in Amt und Würden stand und hier den Wahlen präsidierte, gehörte zu jenen Sünden der Seldwyler, die sich zeitweise so lange anhäuften, bis ihnen die Regierung mit einer Untersuchung auf den Leib rückte. Die Landleute wußten teilweise wohl, daß es nicht ganz richtig war mit diesem Präsidenten, allein sie waren viel zu langsam und zu häklich, als daß sie etwas gegen ihn unternommen hätten, und so hatte er sich bereits in einem Handumdrehen mit seinen drei oder vier Mitbürgern das Geschäft des Tages zugeeignet, als Fritz ankam. Dieser, als er das Häuflein rechtlicher Landleute sah, freute sich, wenigstens nicht ganz allein da zu sein, und es fuhr plötzlich ein unternehmender Geist in ihn, daß er unversehens das Wort verlangte und gegen den Präsidenten protestierte, da derselbe falliert und bürgerlich tot sei.

Dies war ein Donnerschlag aus heiterm Himmel. Der ansehnliche Gastwirt machte ein Gesicht wie einer, der tausend Jahre begraben lag und wieder auferstanden ist; jedermann sah sich nach dem kühnen Redner um; aber die Sache war so kindlich einfach, daß auch nicht ein Laut dagegen ertönen konnte, in keiner Weise; nicht die leiseste Diskussion ließ sich eröffnen. Je unerhörter und unverhoffter das Ereignis war, um so begreiflicher und natürlicher erschien es jetzt, und je begreiflicher es erschien, um so zorniger und empörter waren die paar Seldwyler gerade über diese Begreiflichkeit, über sich selbst, über den jungen Amrain, über die heimtückische Trivialität der Welt, welche das Unscheinbarste und Naheliegendste ergreift, um Große zu stürzen und die Verhältnisse umzukehren. Der Herr Präsident Usurpator sagte nach einer minutenlangen Verblüffung, nach welcher er wieder so klug wie zu Anfang war, gar nichts als: „Wenn – wenn man gegen meine Person Einwendungen – allerdings, ich werde mich nicht aufdringen, so ersuche ich die geehrte Versammlung, zu einer neuen Wahl des Präsidenten zu schreiten, und die Stimmenzähler, die betreffenden Stimmzettel auszuteilen." –

„Ihr habt überhaupt weder etwas vorzuschlagen

hier noch den Stimmenzählern etwas aufzutragen!" rief Fritz Amrain, und dem großen Magnaten und Gastwirt blieb nichts anders übrig, als das Unerhörte abermals so begreiflich zu finden, daß es ans Triviale grenzte, und ohne ein Wort weiter zu sagen, verließ er die Kirche, gefolgt von dem bestürzten Nachtwächter und den andern Lumpen. Nur der Schreiber blieb, um das Protokoll weiterzuführen, und Fritz Amrain begab sich in dessen Nähe und sah ihm auf die Finger. Die Bauern aber erholten sich endlich aus ihrer Verwunderung und benutzten die Gelegenheit, das Wahlgeschäft rasch zu beenden und statt der bisherigen zwei Mitglieder zwei tüchtige Männer aus ihrer Gegend zu wählen, die sie schon lange gerne im Rate gesehen, wenn die Seldwyler ihnen irgend Raum gegönnt hätten. Dies lag nun am wenigsten im Plane der nicht erschienenen Seldwyler; denn sie hatten sich doch gedacht, daß ihr Präsident und der Nachtwächter unfehlbar die alten zwei Popanze wählen würden, wie es auch ausgemacht war in einer flüchtigen Viertelstunde in irgendeinem Hinterstübchen. Wie erstaunten sie daher, als sie nun, durch den heimgeschickten falschen Präsidenten aufgeschreckt, in hellen Haufen dahergerannt kamen und das Protokoll rechtskräftig geschlossen fanden samt dem Resultat. Ruhig lächelnd gingen die Landleute auseinander; Fritz Amrain aber, welcher nach seiner Behausung schritt, wurde von den Bürgern aufgebracht, verlegen und wild höhnisch betrachtet, mit halbem Blicke oder mit weit aufgesperrten Augen. Der eine rief ein abgebrochenes Ha! der andere ein Ho! Fritz fühlte, daß er jetzt zum ersten Male wirkliche Feinde habe, und zwar gefährlicher als jene, gegen welche er einst mit Blei und Pulver ausgezogen. Auch wußte er, da er so unerbittlich über einen Mann gerichtet, der zwanzig Jahre älter war als er, daß er sich nun doppelt wehren müsse, selber nicht in die Grube zu fallen, und so hatte das Leben nun wieder ein ganz anderes Gesicht für ihn als noch vor kaum zwei Stunden. Mit ernsten Gedanken trat er in sein Haus und gedachte, um sich aufzuheitern, seine Mutter zu prüfen, ob ihr diese Wendung der Dinge auch genehm sei, da sie ihn allein veranlaßt hatte, sich in die Gefahr zu begeben.

Allein da er den Hausflur betrat, kam ihm seine Mutter entgegen, fiel ihm weinend um den Hals und sagte nichts als: „Dein Vater ist wiedergekommen!“ Da sie aber sah, daß ihn dieser Bericht noch verlegener und ungewisser machte, als sie selbst war, faßte sie sich, nachdem sie den Sohn an sich gedrückt, und sagte: „Nun, er soll uns nichts anhaben! Sei nur freundlich gegen ihn, wie es einem Kinde zukommt!“ So hatten sich in der Tat die Dinge abermals verändert; noch vor wenig Augenblicken, da er auf der Straße ging, schien es ihm höchst bedenklich, sich eine ganze Stadt verfeindet zu wissen, und jetzt, was war dies Bedenken gegen die Lage, urplötzlich sich einem Vater gegenüberzusehen, den er nie gekannt, von dem er nur wußte, daß er ein eitler, wilder und leichtsinniger Mann war, der zudem die ganze Welt durchzogen während zwanzig Jahren und nun weiß der Himmel welch ein fremdartiger und erschrecklicher Kumpan sein mochte. „Wo kommt er denn her? Was will er, wie sieht er denn aus, was will er denn?“ sagte Fritz, und die Mutter erwiderte: „Er scheint irgendein Glück gemacht und was erschnappt zu haben, und nun kommt er mit Gebärden dahergefahren, als ob er uns in Gnaden auffressen wollte! Fremd und wild sieht er aus, aber er ist der alte, das hab ich gleich gesehen.“ Fritz war aber jetzt doch neugierig und ging festen Schrittes die Treppe hinauf und auf die Wohnstube zu, während die Mutter in die Küche huschte und auf einem andern Wege fast gleichzeitig in die Stube trat; denn das dünkte sie nun der beste Lohn und Triumph für alle Mühsal, zu sehen, wie ihrem Manne der eigene Sohn, den sie erzogen, entgegentrat. Als Fritz die Tür öffnete und eintrat, sah er einen großen, schweren Mann am Tische sitzen, der ihm wohl er selbst zu sein schien, wenn er zwanzig Jahre älter wäre. Der Fremde war fein, aber unordentlich gekleidet, hatte etwas Ruhig-Trotziges in seinem Wesen und doch etwas Unstetes in seinem Blicke, als er jetzt aufstand und ganz erschrocken sein junges Ebenbild eintreten sah, hoch aufgerichtet und nicht um eine Linie kürzer als er selbst. Aber um das Haupt des Jungen wehten starke goldne Locken, und während sein Angesicht ebenso ruhig-trotzig dreinsah wie das des Alten, errötete er bei aller Kraft doch in Unschuld und Bescheidenheit. Als der Alte ihn mit der verlegenen Unverschämtheit der Zerfahrenen ansah und sagte: „So wirst du also mein Sohn sein?“, schlug der Junge die Augen nieder und sagte: „Ja, und Ihr seid also mein Vater? Es freut mich, Euch endlich zu sehen!“ Dann schaute er neugierig empor und betrachtete gutmütig den Alten; als dieser aber ihm nun die Hand gab und die seinige mit einem prahlerischen Druck schüttelte, um ihm seine große Kraft und Gewalt anzukünden, erwiderte der Sohn unverweilt diesen Druck, so daß die Gewalt wie ein Blitz in den Arm des Alten zurückströmte und den ganzen Mann gelinde erschütterte. Als aber vollends der Junge nun mit ruhigem Anstand den Alten zu seinem Stuhle zurückführte und ihn mit freundlicher Bestimmtheit zu sitzen nötigte, da ward es dem Zurückgekehrten ganz wunderlich zumut, ein solch wohlgeratenes Ebenbild vor sich zu sehen, das er selbst und doch wieder ganz ein anderer war. Frau Regula sprach beinahe kein Wort und ergriff den klugen Ausweg, den Mann auf seine Weise zu ehren, indem sie ihn reichlich bewirtete und sich mit dem Vorweisen und Einschenken ihres besten Weines zu schaffen machte. Dadurch wurde seine Verlegenheit, als er so zwischen seiner Frau und seinem Sohne saß, etwas gemildert, und das Loben des guten Weines gab ihm Veranlassung, die Vermutung auszusprechen, daß es also mit ihnen gut stehen müsse, wie er zu seiner Befriedigung ersehe, was denn den besten Übergang gab zu der Auseinandersetzung ihrer Verhältnisse. Frau und Sohn suchten nun nicht ängstlich zurückzuhalten und heimlichzutun, sondern sie legten ihm offen den Stand ihres Hauses und ihres Vermögens dar; Fritz holte die Bücher und Papiere herbei und wies ihm die Dinge mit solchem Verstand und Klarheit nach, daß er erstaunt die Augen aufsperrte über die gute Geschäftsführung und über die Wohlhabenheit seiner Familie. Indessen reckte er sich empor und sprach: „Da steht ihr ja herrlich im Zeuge und habt euch gut gehalten, was mir lieb ist. Ich komme aber auch nicht mit leeren Händen und habe mir einen Pfennig erworben, durch Fleiß und Rührigkeit!" Und er zog einige Wechselbriefe hervor sowie einen mit Gold angefüllten Gurt, was er alles auf den Tisch warf, und es waren allerdings einige tausend Gulden oder Taler. Allein er hatte sie nicht nach und nach erworben und verschwieg weislich, daß er diese Habe auf einmal durch irgendeinen Glücksfall erwischt, nachdem er sich lange genug ärmlich herumgetrieben in allen nordamerikanischen Staaten. „Dies wollen wir", sagte er, „nun sogleich in das Geschäft stecken und mit vereinten Kräften weiterschaffen; denn ich habe eine ordentliche Lust, hier, da es nun geht, wieder ans Zeug zu gehen und den Hunden etwas vorzuspielen, die mich damals fortgetrieben." Sein Sohn schenkte ihm aber ruhig ein anderes Glas Wein ein und sagte: „Vater, ich wollte Euch raten, daß Ihr vorderhand Euch ausruhet und es Euch wohl sein lasset. Eure Schulden sind längst bezahlt, und so könnet Ihr Euer Geldchen gebrauchen, wie es Euch gutdünkt, und ohnedies soll es Euch an nichts bei uns fehlen! Was aber das Geschäft betrifft, so habe ich selbiges von Jugend auf gelernt und weiß nun, woran es lag, daß es Euch damals mißlang. Ich muß aber freie Hand darin haben, wenn es nicht abermals rückwärtsgehen soll. Wenn es Euch Lust macht, hie und da ein wenig mitzuhelfen und Euch die Sache anzusehen, so ist es zu Eurem Zeitvertreib hinreichend, daß Ihr es tut. Wenn Ihr aber nicht nur mein Vater, sondern sogar ein Engel vom Himmel wäret, so würde ich Euch nicht zum förmlichen Anteilhaber annehmen, weil Ihr das Werk nicht gelernt habt und, verzeiht mir meine Unhöflichkeit, nicht versteht!" Der Alte wurde durch diese Rede höchst verstimmt und verlegen, wußte aber nichts darauf zu erwidern, da sie mit großer Entschiedenheit gesprochen war und er sah, daß sein Sohn wußte, was er wollte. Er packte seine Reichtümer zusammen und ging aus, sich in der Stadt umzusehen. Er trat in verschiedene Wirtshäuser; allein er fand da ein neues Geschlecht an der Tagesordnung, und seine alten Genossen waren alle längst in die Dunkelheit verschwunden. Zudem hatte er in Amerika doch etwas andere Manieren bekommen. Er hatte sich gewöhnen müssen, sein Gläschen stehend zu trinken, um unverweilt dem Drange und der einsilbigen Jagd des Lebens wieder nachzugehen; er hatte ein tüchtiges rastloses Arbeiten wenigstens mit angesehen und sich unter den Amerikanern ein wenig abgerieben, so daß ihm diese ewige Sitzerei und Schwätzerei nun selbst nicht mehr zusagte. Er fühlte, daß er in seinem wohlbestellten Hause doch besser aufgehoben wäre als in diesen Wirtshäusern, und kehrte unwillkürlich dahin zurück, ohne zu wissen, ob er dort bleiben oder wieder fortgehen solle. So ging er in die Stube, die man ihm eingeräumt; dort warf der alternde Mann seine Barschaft unmutig in einen Winkel, setzte sich rittlings auf einen Stuhl, senkte den großen betrübten Kopf auf die Lehne und fing ganz bitterlich an zu weinen. Da trat seine Frau herein, sah, daß er sich elend fühlte, und mußte sein Elend achten. Sowie sie aber wieder etwas an ihm achten konnte, kehrte ihre Liebe augenblicklich zurück. Sie sprach nicht mit ihm, blieb aber den übrigen Teil des Tages in der Kammer, ordnete erst dies und jenes zu seiner Bequemlichkeit und setzte sich endlich mit ihrem Strickzeug schweigend ans Fenster, indem sich erst nach und nach ein Gespräch zwischen den lange getrennten Eheleuten entwickelte. Was sie gesprochen, wäre schwer zu schildern, aber es ward beiden wohler zumut, und der alte Herr ließ sich von da an von seinem wohlerzogenen Sohne nachträglich noch ein bißchen erziehen und leiten ohne Widerrede und ohne daß der Sohn sich eine Unkindlichkeit zuschulden kommen ließ. Aber der seltsame Kursus dauerte nicht einmal sehr lange, und der Alte ward doch noch ein gelassener und zuverlässiger Teilnehmer an der Arbeit, mit manchen Ruhepunkten und kleinen Abschweifungen, aber ohne dem blühenden Hausstande Nachteile oder Unehre zu bringen. Sie lebten alle zufrieden und wohlbegütert, und das Geblüt der Frau Regula Amrain wucherte so kräftig in diesem Hause, daß auch die zahlreichen Kinder des Fritz vor dem Untergang gesichert blieben. Sie selbst streckte sich, als sie starb, im Tode noch stolz aus, und noch nie ward ein so langer Frauensarg in die Kirche getragen und der eine so edle Leiche barg zu Seldwyla.

Gottfried Keller

IN RECLAMS UNIVERSAL-BIBLIOTHEK

Die drei gerechten Kammmacher. (Th. Koebner) 80 S. UB 6173

Das Fähnlein der sieben Aufrechten. 80 S. UB 6184

Frau Regel Amrain und ihr Jüngster. 63 S. UB 6174

Hadlaub. Mit Nachwort. 95 S. UB 6181

Kleider machen Leute. 72 S. UB 7470 – dazu *Erläuterungen und Dokumente.* (R. Selbmann) 108 S. UB 8165

Der Landvogt von Greifensee. (B. Neumann) 142 S. UB 6182

Die Leute von Seldwyla. 701 S. UB 6179

Die mißbrauchten Liebesbriefe. (K. Pörnbacher) 93 S. UB 6176

Pankraz der Schmoller. (C. Enders) 85 S. UB 6171

Romeo und Julia auf dem Dorfe. (K. Nussbächer) 88 S. UB 6172 – dazu *Erläuterungen und Dokumente.* (J. Hein) 88 S. UB 8114

Der Schmied seines Glückes. (R. Nünlist) 48 S. UB 6175

Sieben Legenden (Eugenia. Die Jungfrau und der Teufel. Die Jungfrau als Ritter. Die Jungfrau und die Nonne. Der schlimm-heilige Vitalis. Dorotheas Blumenkörbchen. Das Tanzlegendchen). 117 S. UB 6186

Das Sinngedicht. Novellen. (Von einer törichten Jungfrau. Regine. Die arme Baronin. Die Geisterseher. Don Correa. Die Berlocken.) (L. Wiesmann) 328 S. UB 6193

Spiegel, das Kätzchen. Mit Nachwort. 63 S. UB 7709

Das verlorne Lachen. (K. Fehr) 118 S. UB 6178

Züricher Novellen. (B. Neumann) 416 S. UB 6180